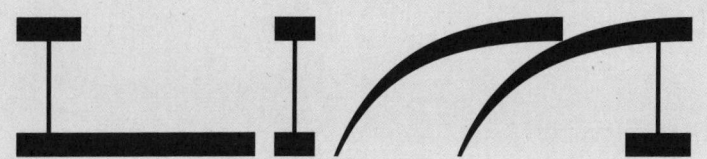

림

소설집 6

드그다 웃따웃따

일러두기

- 본 소설집은 작가별 원고의 특성을 가능한 한 살려 편집했습니다.
- 맞춤법은 국립국어원의 원칙을 따랐으나 작품 뉘앙스에 영향을 주는 일부 표현은 그대로 살렸습니다.

차례

6	드그다 웃따웃따	
	김멜라	

42	저주 참는 법
	김화진

80	피루엣
	서장원

102	선선한 사이
	차현지

132	미와와 우란 혹은 워스트 드라이버
	함윤이

작품 해설

172	혼자 싸우도록 내버려두지 않는 사람
	최다영

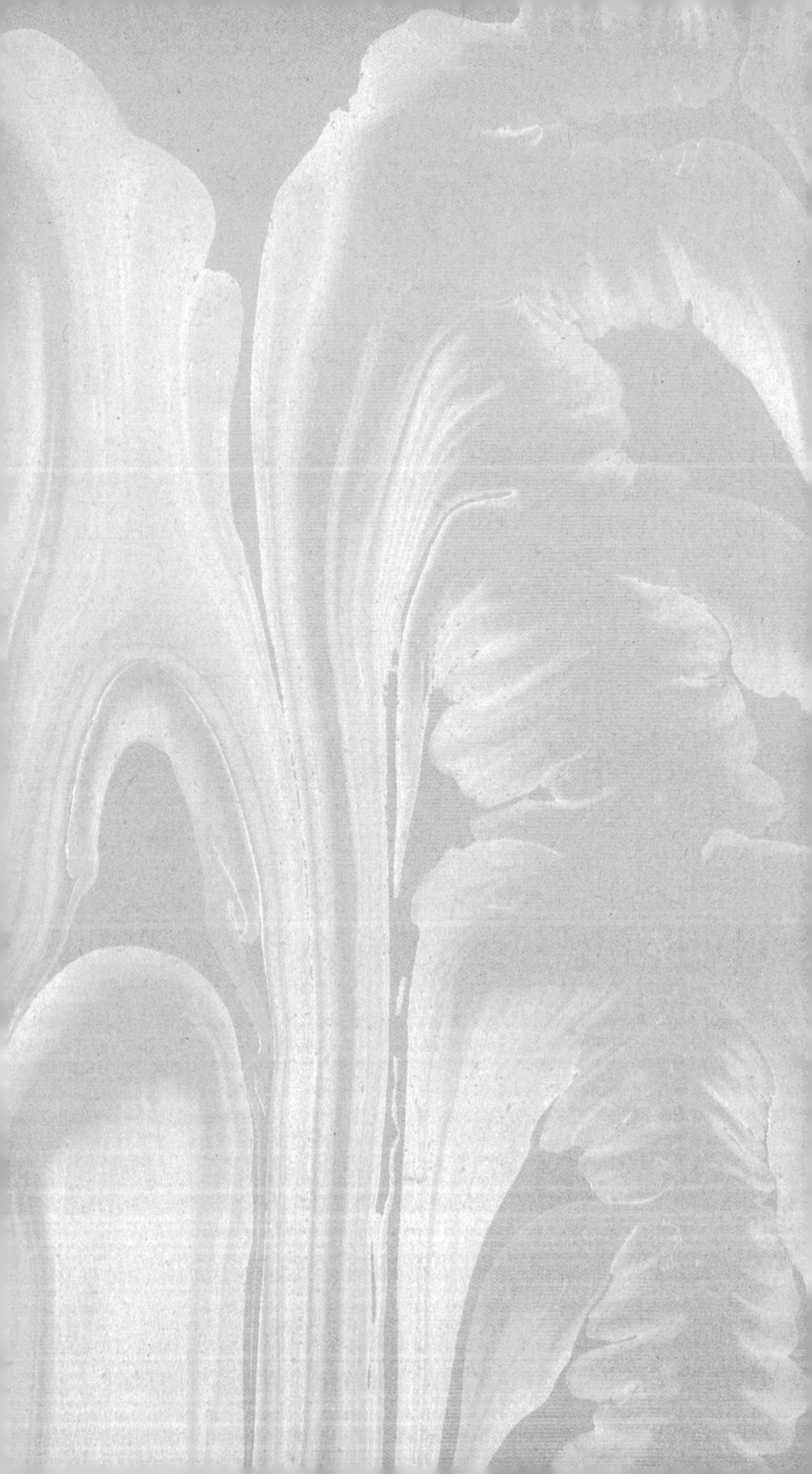

드그다
웃따웃따

김멜라

무엇인지 모르게
평화를 가져다준다[1]

1. 찰나찰나

양홍은 침대에 반듯이 누워 발바닥을 합장했다. 발날에 손깍지를 끼워 배꼽으로 끌어당기자 가랑이가 빡빡하게 당겨 오며 각성이 찾아왔다. 잠결에 맴돌던 도라루 멜로디는 자연스레 흐려졌다. 도라라 루 라라, 도라라 루 스데루라. 양홍은 휴대폰에 대고 미디엄 템포의 블루지한 멜로디를 녹음하는 대신 궁둥뼈를 좌우로 굴렸다.

오선지의 콩나물이야 지겹도록 무쳐 댔으니 내 육신의 마디마디를 돌봐 줘야지. 겨드랑이도 아껴 주고 서혜부도 문질러 주고.

양홍은 반죽을 뭉치듯 허벅지 안쪽을 조물댔다. 몇 년 전 홋카이도의 지압원에서 받았던 마사지가 찬찬히 떠올랐다. 그때 눈동자가 젖은 미역처럼 검푸른 외국인이 양홍의 다리 사이에 앉아 서혜부를 압박해 주었다. 지압사가 양손의 엄지로 중심부의 혈 자리를 눌러 주자 세상 그 어떤 자극보다 정확하고 시원한 쾌감이 몸 구석구석을 꿰뚫었다. 스팟을 공략한다는 게 이런 거구나. 몸에 쌓인 독소를 뽑아내는 게 이런 거야. 양홍은 번잡한 성생활보다 그렇게 번갈아 드러누워 서로의 림프샘을 문질러 주는 게 진정한 파트너십이 아닐까 생각했다.

---

1   이 문장은 김종삼의 시 「원두막」에서 가져왔으며, 소설 속 '머지않아 그곳은 비게 되었어'도 시의 마지막 구절을 변형한 것이다.

찬나야, 이담에 만나면 우리도 그렇게 마사지해 주자. 응? 너 왜 아직도 나한테 모질게 구니?

양홍은 침대에서 빠져나와 허리께에 손을 얹고 천장을 봤다. 꿈에서 울었던 흔적이 눈가에 촉촉이 남아 있었다. 양홍은 꿈에서 찬나를 잃고 통곡했다. 그 눈물은 잠든 뺨 위로 실제로 흘러내렸고 양홍은 구슬피 흐느끼면서도 슬픔을 동력 삼아 도라루 멜로디를 흥얼거렸다. 깨고 나선 흠칫 놀라 팬티를 더듬었다. 아래에서 차가운 뭔가가 콰르르 쏟아진 기분이었다. 설마 생리를 다시 하려나, 전후엔 꿈이 더 생생했는데, 너를 잃고 애통해하는 나는 왜 그리 감미로운지. 찬나야, 너는…….

양홍은 허공에서 노 젓기 동작을 하며 손목에 두른 스마트워치를 봤다. 하트 모양과 함께 찍혀 있는 심박수는 77.

……너는 고작 불멸이구나. 나는 이렇게 부지런히 늙어 한쪽 유방도 보내고 동맥에 반짝이는 스텐트도 심었는데.

국민 체조 순서를 대강 한 바퀴 돌았음에도 양홍은 종아리에 돌이 박힌 듯 하체가 무거웠다. 전날에 걸었던 황톳길의 여파가 몰려와 절뚝이는 걸음마다 앓는 소리가 새어 나왔다. 그렇지만 양홍은 맨사랑의 정기 모임에 빠질 수 없었다. '맨발로 가는 사랑'의 줄임말 맨사랑. 우습지도 않지, 사람들은 왜 그리 엉겨 붙어 어여쁜 말을 갖다 붙일까. 양홍은 날을 정해 같이 황톳길을 걷는다는 그 동호회에 거부감이 들었으나 <찰나찰나>의 저작권 상속을 위해 그 정도 인내심은 가져야 했다. 그 곡은 종신연금처럼 양홍에게 안락함을 선사해 준 삶의 밑천이었다. 지난해엔 유명 아이돌이 리메이크해 이번 분기의 음원 저작권 수입이 150배로 늘었다. 대략 그럴 거라는 말이지, 양홍은 계산기를 두들기며 불어난 액수를 헤아려 보지 않았다. 돈이 쌓일수록 내 몸의 암세포도 증식하는 게 아닐까. 세상에 완전무결한 공돈이란 건 없었다. <찰나찰나>가 사람들의 입과 귀를 떠돌수록 양홍은 크고 작은 병치레를 겪었고, 피붙이들의 이른 죽음과 인간사의 배신을 감내해야 했다. 불로소득과 함께 미처 어림잡을 수 없는 풍파까지도 그 돈줄에 달려 나왔다. 그러니 사람을 엇박으로 번드치는 이 무형자산의 후계자도 더 각별하게 골라야 했다. 양홍에겐 자식이 없었고 조카들에겐 다른 곡의 저작권을 공평하게 배분해 줄 생각이었다. 머릿속에 시사 뉴스만 빼곡한 남편이야 자기 집에서 물려받은 부동산을 관리하는 것만으로도 골머리를 썩였다. 애초에 결혼할 때부터 양홍은 이 사람과는 음악 얘길 못하겠구나 싶어 그쪽으론 담을 쌓았다. 남편이 전처와 생산한 자식들에게도 기대를 접었다. 그 애들은 10대 때부터 유학 생활로 집을 떠나 살았고 양홍과는 1년에 두어 번 문자만 주고받는 관계이니 피차 구차스럽게 얽히는 대신 단정하게 작별해 주는 게 서로가 바라는 예의였다.

  양홍은 마땅하고 타당한 승계자를 사심 없이 호명하고 싶었다. 몸 어딘가에 남은 암세포가 겨드랑이를 타고 뇌로 옮아가 일거에 암전되어 버리듯 생이 끝나리라는 황망한 예감이 하루에도 수십 번씩 골수를 비틀었으니까. 삶의 마침표를 정갈하게 찍어 줄 사람, 아등바등 살아남느라 발싸개처럼 해진 일신을 이편에서 저편으로 실어다 줄 나룻배 같은 존재. 양홍은 그 순한 얼굴을 직접 찾아 나섰다. 세 번째 항암치료 이후 자신이 만든 노래를 하나하나 되짚으며 후보를 물색했고 그때마다 찬나에게로 마음이 기울었다.

   찬나는 한때 양홍이 속해 있던 밴드의 기타리스트이자 리드 싱어였다. 그 시절 찬나는 록 밴드 보컬에게 기대하는 일탈과 눈부심을 찬란하게 보여 줬다. 반항적이고 사이키델릭한 목소리와 우수에 찬 그늘진 표정, 그 어둠을 단번에 걷어 내는 천진한 미소와 폭발적인 무대 장악력은 처음부터 인디 신에서 주목을 받았다. 당시엔 언더그라운드라고 해 봐야 대학 가요제의 언저리를 맴도는 지망생이나 메탈이 록의 태양이라 믿는 장발족 가죽 바지들의 쇳소리가 대부분이었지만, 그 친목 그룹이 모여든 지하 술집에도 특별한 명성이라고 할 법한 오라가 찬나를 휘감았다. 다른 보컬의 목소리에 어딘가 후텁지근한 타협의 태도가 배어 있었다면, 찬나의 노래는 제멋대로 차오르고 비워지다 어느 순간 깨져 버리는 유리컵처럼 사람들의 인상에 의외의 흔적을 남겼다. 밴드의 대표곡 〈푸른 비탈〉에 녹아 있는 찬나의 비브라토와 호흡을 듣노라면 기쁨에 취해 뺨을 캉 물어 버리는 어린아이의 순전한 악마성이 느껴졌다. 발 없는 귀신이 치맛자락을 끌고 가는 듯한 도입부의 발성과 '처음 널 만났을 때'를 '쳐은 너얼 마나쓰 테'라고 발음하는 특유의 딕션, 곡의 몰입도를 두 배, 세 배 넓히는 두터운 감수성에 이어 기교 없이 내지르는 펀치한 고음까지. 찬나는 가창 스타일에 있어 그 계보를 찾을 수 없는 돌연변이였고 스스로 자기만의 톤과 창법을 깨우친 독학자였다. 그룹의 리더인 H가 립스틱 자국이 묻은 물컵을 보고 밴드 이름을 '물그릇'이라 지었다는 우연은 찬나라는 목소리를 만나 필연으로 완성되었다. 그리고 밴드에서 건반을 치던 양홍은 찬나에게 매료돼 탄복하는 역할로 무대에 선 듯 기타를 멘 찬나의 모션에 몸의 축이 떨떨떨 진동하며 기울었다.

 그렇지만 양홍이 자신과 동갑내기였던 찬나를 우러러봤던 건 그 애의 지조 때문이었다. 잠시 흉내 낼 순 있어도 그 힘의 원동력까지 모방할 수 없는 찬나만의 빛나는 등뼈. 찬나는 수챗구멍의 오물처럼 과시와 야합의 더께로 얽힌 그 판에서 자신의 존귀함을 지켜 냈다. 찬나의 유명세에 힘입어 물그릇은 어느 음반 기획사에 발탁되었고 사장의 종용에 따라 밴드 이름을 '크리스털 레인'으로 바꾸며 당시 유행하던 레게풍의 발랄함이 들어가도록 앨범을 편곡했다. 양홍을 비롯한 다른 멤버는 못 이기는 척 방송용 이미지에 따라 자기들의 모난 부분을 깎아 냈다. 건반이나 드럼을 치는 도중 포인트가 될 만한 율동을 가미했고 알록달록한 옷을 입고 동그란 선글라스를 콧등에 걸쳤다. 찬나도 회사의 등쌀에 떠밀려 짙은 색조 화장을 하고 양 갈래로 머리를 묶었다. 어차피 방송에선 MR을 틀 테니 악기 연주보다 카메라 워크에 익숙해지라며 전면 거울로 둘러싸인 연습실에서

뚱땅뚱땅 명랑하게 연주하는 퍼포먼스를 연습하기도 했다. 그러나 그 모든 포장술에도 사장은 타이틀 곡인 <푸른 비탈>의 가사를 마뜩잖아했고, 마지막 구절을 좀 더 산뜻하고 쉬운 표현으로 바꾸고 싶어 했다. 비탈에 선 사람이 아슬아슬하게 보였다가 끝에 가서 그 자리가 비게 된다는 곡의 결말을.

머지않아 그곳은 비게 되었어.

머지않아 그곳은 **보이게** 되었어.

매니저를 통해 사장의 지시가 내려온 즉시 찬나는 회사로 찾아가 항의했다.

"비어 있는 거랑 보이는 거랑 차이를 모르십니까?"

찬나는 자신이 지은 가사를 결연히 사수했다. 함께 갔던 H는 중간에 자기가 몸으로 막아서지 않았다면 찬나와 사장이 멱살잡이를 했을 거라며 줄담배를 피웠다. 야밤에 한강 둔치로 멤버를 호출한 그는 자기도 비탈이 비게 되는 게 무슨 뜻인지 모르겠다고 실토했다. 그러자 드럼을 치는 K가 신인 밴드인 우리에게 이 정도로 서포트해 주는 회사는 없을 거라며 리더의 주눅 든 주장에 힘을 실었다. 그 말에 머리를 감싸 쥐고 있던 찬나가 양홍을 봤다. '양홍이 너도? 너도 그렇게 생각해?' 찬나는 양홍을 향해 눈자위를 크게 떴다. 원치 않는 답을 듣는다면 차라리 그 자리에서 산산이 부서지는 게 낫다는 듯 간곡하고 단호한 눈망울로 양홍을 응시했다.

찬나의 고집대로 개사하지 않은 <푸른 비탈>의 앨범은

그해 음반 판매 순위 113위를 기록하며 깨끗이 실패했다. 한때 TV 가요 프로그램을 순회하며 번화가 노점 리어카에서 <푸른 비탈>의 출렁이는 기타 리프가 흘러나오기도 했으나 행운은 거기까지였다. 한창 인지도를 높여 갈 무렵, 평소 술이나 욕을 입에 담지 않아 숙맥으로 여겨졌던 K가 커트 코베인이 죽은 마당에 이따위 재롱 잔치가 무슨 소용이냐며 잠수를 탔다. 그에 더해 찬나의 대단한 준법정신이 언론의 도마 위에 오르며 밴드는 뼈와 살이 발린 채 무대에서 치워졌다. 어차피 그런 해프닝이 아니었더라도 물그릇은 금이 가 깨져 버렸을 거라고 양홍은 자조했다. 김밥 꽁다리 하나로도 마음이 토라지는 밴드에서 무슨 자유와 사랑을 노래하겠나. 그들은 임시로 연결된 끈에 묶여 얼마간 같은 비트에 덩실거렸을 뿐 속으로는 어떻게 자기 몫을 더 키울까 궁리하는 평범하고 사사로운 딴따라였다. 밴드 해체 후 양홍은 세션이나 객원으로 보따리 장사를 떠돌다 이렇게 녹음실 무수리로 착취당할 바엔 내 음악이나 원 없이 써 보자 결심하고 반년 치 생활비를 만들어 골방에 스스로를 감금했다. 그때부터 쉰이 넘은 지금까지 작곡가 구양홍의 이름으로 발표한 곡이 절반, 톱스타에게 목돈을 받고 저작권까지 팔아 치운 곡이 절반이었다. 남한테 통째로 곡을 갖다 바친 시기는 고작 3, 4년이었으나 하필 그때가 양홍이 반추하는 자신의 꽃 시절이었다. 양홍은 뜰지 말지 불확실한 개골창에서 더 확실한 수심과 부력으로 노래를 순항시켜 줄 물길이 필요했다. 서럽게도 그 노래들은 유명 가수의

드그다 웃따웃따

자작곡으로 탈바꿈해 큰 인기를 끌었다. 비밀 단골이었던 가수가 방송에서 창작의 고통 어쩌고 입방정을 떨 땐 양홍도 턱관절이 빠득 갈리며 실소가 나왔으나 별달리 무대 위 갈채를 바라진 않았다. 다만 저 능글맞은 알토 비음의 가수 대신 찬나가 내 노래를 불렀다면 어땠을까 하는 아쉬움이 늘 있었다. 친구의 애인과 눈이 맞거나 불륜을 암시하는 노랫말이 아닌, 절벽에 서서 비 오는 바다를 묘사하는 찬나의 가사가 내 음악에 실렸다면, 그랬다면 우리의 삶은 달랐을까.

 양홍이 자신의 재능을 앞뒤 없이 탕진했다면 찬나는 자기 안에 밀봉했다. 짧은 활동 기간에 찬나가 불려 갔던 술자리를 생각하면 양홍도 그 은둔이 이해가 됐다. 무대를 떠난 찬나는 얼마 지나지 않아 오랜 구혼자와 결혼했고, 양홍은 눈병에 걸려 결혼식에 가지 못했다. 그리고 역삼동 어느 스튜디오 앞에서 H를 만났을 때 양홍은 뒤늦게 예식의 풍경을 전해 들었다.

 "배가 부른 게 티가 나더라. 갈비탕에선 누린내 나고."
 H는 찬나가 밴드의 앞길에 거대한 어깃장을 놨던 일을 두고두고 원망했다. 그는 신부 대기실에서 손님을 맞이하는 찬나의 뒤통수에 대고 그때 일을 추궁했다고 했다.
 "찬나야, 너 그때 왜 기절한 거야? 난 아직도 그게 궁금하더라."
 "그러니까 뭐래?"
 꺼벙한 시선으로 담배 연기를 좇는 H에게 양홍이 물었다.

"기억이 안 난대."

"안 난대?"

"응, 그때 일이 통째로 머릿속에서 사라졌대. 거짓말하는 거 같진 않던데?"

H는 만일 그때 제대로 콘서트 오프닝에 섰더라면 크리스털 레인이 소니 뮤직에 발탁돼 영국 맨체스터에서 앨범을 녹음했을 거라며 헛꿈을 이어 갔다. 그 망상은 찬나의 장례식장에서도 되풀이됐다. H는 구석진 흡연실에서 찬나가 탐냈던 자기의 가죽 재킷에 담배빵을 내며 자학했다. "이 독한 기집애……. 그렇게 귀신 소리를 내더니 귀신이 됐냐……." 양홍은 그가 게워 내는 노란 위액을 외면하며 옛 리더의 굽은 등을 두들겼다. 장례 내내 양홍의 머릿속엔 스타카토 리듬이 쿵쿵댔다. 먼저 16비트의 드럼 하이햇 찰찰찰찰찰, 그 위에 베이스가 드그다 웃따웃따 빌드업을 쌓으면 신시사이저가 모티프를 깔며 옥타브의 겹을 채운다. 찰찰찰찰, 웃끄따웃끄따, 리드 멜로디 Am7-Dm7-G-C, 마치 70년대 디스코처럼 어슬렁거리는 텐션으로, EDM 사운드가 플래시처럼 퐁퐁 터지는 동시에 그루브하게 흘러나오는 나른한 목소리.

'안녕, 잘 있어. 나는 착하게 죽을 테야, 순하게.'

이튿날 지인의 스튜디오로 간 양홍은 20분 만에 후렴구와 베이스라인을 짓고 세션 악기들을 덧붙이며 이미 머릿속에 존재하는 노래를 컴퓨터 메모리에 옮겼다. 그렇게 만들어진 <찰나찰나>는 그해 연말 가요제에서 작곡상과 인기 가요상을

받았다. 수십 년 동안 플로우 좀 탄다는 유명 댄서나
보컬들이 곡을 커버하며 새 옷을 입혔고 테크노와 힙합,
R&B, 모던록, 심지어 트로트로까지 리메이크되며 양홍의
통장에 마르지 않는 돈의 강물이 되어 주었다.

2. 누드

흰 벚꽃 잎이 실바람에 흩날리던 날, 양홍은 맨사랑 모임에
나가 찬나의 딸 이정에게 접근했다. 맨사랑의 회원들은
매주 수요일과 토요일 오전에 모여 경기도 일대의 맨발길을
도보했다. 온라인 카페에 올라온 글을 보면 주요 구성원은
장년층이나 환갑을 넘은 은퇴자들이었고, 불면증이나 만성
위염으로 고생하는 사람과 암이나 난치병을 앓는 환자도
드물지 않았다. 회비를 내면 모임 때 생수 한 병과 요깃거리가
될 김밥이나 샌드위치를 받을 수 있었는데, 찬나의 딸 이정은
그 샌드위치를 나눠 주는 맨사랑의 총무였다.

"오늘은 달걀마요샌드위치예요. 혹시 달걀이나 오이에
알레르기 있는 분 계실까요?"

처음 이정을 봤을 때 양홍은 찬나와 다른 괄괄한 목소리에
멈칫했다. 얼핏 본 이정의 외양에선 소울과 샤우팅으로
벼려진 찬나의 파리한 비주얼을 찾아볼 수 없었다.

"이거 햄 들어간 거예요? 나는 햄은 못 먹는데."

양홍이 말을 붙이자 허리를 굽히고 있던 이정이 이마를
들고 양홍을 봤다. 순간 양홍은 팔뚝에 소름이 일며 감격이

밀려왔다. 가로로 길게 뻗은 눈매와 웃을 때 뺨에 접히는 보조개는 영락없는 찬나의 얼굴이었다.

"새로 오신 분이죠? 채식하세요?"

이정의 질문에 양홍은 말문이 막혀 고개만 끄덕였다. 사람의 형상으로 뱉어 놓은 찬나의 무언가가 눈앞에서 입을 벙긋거리는 듯했다.

"다행히 오늘은 햄이 없어요. 혹시 또 가리는 음식 있으세요?"

양홍은 회원들을 살갑게 챙기는 이정을 보며 어쩌면 저 애가 찬나보다 더 평화로운 삶을 살게 될지 모른다고 생각했다. 찬나에겐 음악이나 무대에 천부적인 재능이 있었지만 저 보드라운 사교성은 없었으니까.

"어머님이 참 좋으시겠다. 이렇게 착한 딸을 둬서."

양홍은 이정의 곁을 맴돌며 은근히 찬나 얘기를 꺼냈다. 평소 나이 든 사람의 오지랖을 끔찍해하던 양홍이었으나 그날은 구수한 목소리를 꾸며 내며 추태를 부렸다.

"결혼 안 했으면 내가 좋은 사람 소개해 주고 싶네. 남자 친구 있어요?"

"전 비혼이에요."

"어머, 왜요, 좋은 짝꿍 만나 오손도손 살면 좋지."

"젊은 사람한테 자꾸 이래라저래라 하면 모임에 안 나옵니다. 각자 자기 걸음에 충실합시다."

귀 둘레가 하얗게 센 노인이 추근대는 양홍을 점잖게 꾸짖었다. 그 남자의 눈에 자신이 어떻게 비쳤을지 생각하니 양홍은 얼굴이 홧홧했다. 양홍을 지나쳐 간 그 회원은 털이 부숭부숭한 정강이 위로 바지를 걷어 올렸다. 다른 이들도 양말을 벗으며 자기의 맨살을 스스럼없이 내보였다. 얼굴의 생김새가 가지각색인 것처럼 사람의 발 모양도 달랐는데, 싯누렇게 곰팡이가 핀 발톱이나 각질에 뒤덮인 뒤꿈치는 흔했고, 혹처럼 관절이 툭 불거진 발이나 기이할 정도로 엄지만 뽑혀 올라간 발도 보였다. 양홍은 사방에서 적나라하게 드러나는 맨발에 난처해하며 시선을 돌렸다. 해가 들이치는 야외에서 건선으로 얼룩진 자기의 발등을 내보이자니 거북하고 민망했다.

  강을 따라 이어진 황톳길은 길고 아득했다. 민둥하게 뻗은 흙길은 낙엽이나 돌티 없이 매끈했고, 중간중간 물에 갠 진흙 구덩이가 사람들의 족적에 따라 움푹하게 패여 있었다. 양홍은 별수 없이 사람들을 등지고 평평한 바위에 앉아 양말을 벗었다. 마주 본 강물은 강폭이 넓어서인지 물결이 잠잠했고 창백한 봄빛이 고르게 반짝였다. 한창때인 꽃과 이파리 향에 더해 짝짓기에 몸이 닳은 새들이 빡빡 울어 댔다. 일어나 앞사람을 따라 얼마쯤 걸었을까. 양홍은 무릎이 결려 멈춰 섰다. 땅을 밟는 게 아니라 황소의 뱃가죽을 지르밟는 기분이었다. 막 벗겨 놓은 피륙과 무두질한 가죽의 중간쯤 되는 질감이 발바닥을 불쾌하게 밀어 올렸다. 깔깔했다가 질커덕했다가 발에 닿는 촉감이 생경해 자꾸 등이 옥아 드는데, 그때마다 누군가 양홍의 팔죽지를 쿡 찌르며 걸음새를 참견했다.

"언니야, 허리를 펴고 호흡을 떨어뜨려. 그렇게 구부정하게 걸으면 나중에 어깨 결린다?"

바라지도 않은 자세 교정을 해 주는 동호회의 부회장은 양홍보다 지긋한 나이의 여자였다. 그런데도 양홍을 포함한 모든 회원을 '언니야'로 통칭했고, 심지어 남자들에게도 '언니야'라고 부르며 용천혈을 자극하라거나 입을 다물고 코로 숨 쉬라며 잔소리했다. 몽땅한 다리에 어깨가 삼각자처럼 떡 벌어진 그 여자는 이정의 고모였다. 양홍이 사람을 시켜 알아보니 그 여자는 남편과 함께 부동산 경매 모임을 운영하다 3년 전부터 이 맨발 걷기 단체를 이끌었다. 신도시 어디에서 뇌 호흡 센터를 꾸리고 있다는 정보도 있었다. 명상이나 심호흡으로 몸과 마음의 균형을 되찾고 영적으로 결속된 공동체의 자금을 마중물 삼아 경제적 자립을 도모한다는 그 단체에서 양홍은 사이비의 기미를 감지했다. 혹시 찬나의 딸도 그 조직에 엮여 있나? 내가 저작권을 주면 저 우악스러운 여자에게 모조리 헌납하는 건 아니겠지?

실물로 보기 전 양홍은 업체에 의뢰해 이정을 뒷조사했다. 쇠고랑을 찰 범죄였지만 그 준비 단계를 거치면 충분한 보상을 해 줄 터였기에 양홍은 양심의 가책을 제쳐 두었다. 이정의 가족 관계 증명서와 등기부, 졸업한 학교의 성적 증명서와 관공서에 남은 흔적을 보는 데만 수천만 원이 깨졌다. 이정은 199x년 5월에 태어나 세 살 때 모친의 사망 이후 아버지의 재혼과 함께 서울의 마포구에서 성동구로

드그다 웃따웃따

이사 갔다. 거기에서 초등학교를 졸업한 뒤 무슨 연유에선지 경기도 포천에 사는 고모의 집으로 옮겨 갔는데, 그 다세대 빌라의 세대주는 이정의 고모부였다. 고모 내외의 자식은 없는지 수년째 등본상의 세대원은 그 부부와 이정뿐이었다. 친부가 살아 있고 이복동생도 있었으나 이정은 고모의 슬하에서 중고등학교를 마친 듯했다. 상위권이었던 성적은 고등학생이 되자 석차가 뚝 떨어졌는데, 국어나 암기 과목은 높은 점수를 유지했던 반면 수학 성적은 바닥이었다. 학원이나 과외에 돈을 퍼붓는 또래들을 따라잡지 못한 거겠지. 양홍은 아이의 낙오에 안쓰러워하며 음악 점수를 눈여겨봤다. 과목 성취도 D, C, D……. 하기야 요즘엔 리코더니 장구니 음악 실기시험도 사교육을 받는다지. 양홍은 이정의 학교 등수를 머릿속에서 지웠다. 하지만 대학의 졸업증명서는 쉽사리 손에서 놓지 못했다. 물리치료? 바이오 캠퍼스 물리치료학과? 왜 이 학과에 들어갔을까. 양홍은 짝짝이 시력으로 종잇장을 뜯어보며 더부살이하는 이정의 처지와 병으로 엄마를 여읜 열아홉 소녀의 심정을 헤아렸다. 돈이 필요했구나. 빨리 자립하고 싶었어. 그쪽으로 가면 취직 걱정이 덜할 테니까. 그러면서도 아픈 사람들을 돕고 싶어 손발이 정직한 일을 찾았어. 이정은 휴학 없이 학교를 마친 뒤 어느 정형외과에 취직해 4대 보험을 착실히 납부했다. 구청에 과태료 한 번 낸 적 없는 모범 시민에다 생모의 얼마 안 되는 가창료를 야무지게 저축하는 알짜였다. 한데 의료 기록에는 양홍의 심박수를 훅 떨굴 만한 굴곡이 있었다.

201x년 9월 스물한 살 때, 이정은 서대문구의 한 산부인과에 여러 번 방문했다. 일을 맡아 준 업체 실장은 추진비의 50퍼센트를 추가로 주면 이 기록이 무엇에 관한 건지 상세히 알아봐 주겠다고 했다. 보통 중절 수술은 비급여 항목이라 공단에 기록이 남지 않지만, 이 산부인과는 아직 운영 중이라 진행비만 확보되면 서류의 해상도를 높일 수 있다고 했다. 물 흐르듯 유창한 실장의 영업 멘트에 양홍은 얼핏 자신이 중차대한 공무에 임한 것 같은 착각이 들었다. 전화를 끊고 나서도 자신의 딸이 엄마 몰래 그런 일을 처리해 왔던 것처럼 명치가 저리고 골이 멍했다. 양홍은 칼로 째고 실로 봉합한 옆구리의 옹이를 만지며 숨을 떨었다.

세상천지 영혼이란 건 없나 보다. 찬나야, 너 딸이 그러고 사는 동안 뭐 했니? 왜 고모부 집에서 눈칫밥을 먹게 했어? 네 손으로 못 키우고 갔으면 꿈에 나와 로또 번호나 자분자분 읊어 줄 일이지, 애한테 어떤 놈팡이가 들러붙게 놔둔 거야?

엄한 찬나를 탓하며 양홍은 이정의 과거를 묻기로 했다. 애를 뗐든 붙였든 더 알고 싶지도 않았다. 오로지 아이가 장래에 진자리 마른자리를 가려 앉을 잔잔한 돈방석 하나를 깔아 주고 싶었다. 국어 점수가 좋았으니 제 엄마처럼 멋들어진 가사를 지을 수도 있겠지. 아직 업계에 인맥이 남아 있을 때 내가 확실히 밀어주는 거야. 서툴면 나라도 좀 거들어 주지 뭐. 전공을 살려 의료계로 가고 싶다면 번듯한 치료 센터를 열어 뒷바라지해 줄 의향도 있었다. 어디 가서 기죽지 않게 해외여행도 보내고, 옷이랑 가방도 명품으로 하나씩

지니게 해 줘야지. 그 앞서가는 마음은 동정심이나 설익은 모성이 아니었다. 따지자면 정의감에서 비롯된 선행이었다. 그 애는 밴드의 축이자 프런트였던 찬나의 유일한 혈육이니까. 찬나가 살아 있었다면 마땅히 누렸을 경제적 뒷받침과 문화적 소양을 이제라도 양홍이 베풀어 주는 거였다. 양홍은 그 길만이 <찰나찰나>의 노랫말처럼 깨끗하고 순하게 세상과 작별하는 방법이라 여겼다. 욕심을 부린다면 딱딱한 증명서를 주고받는 대신 조금이나마 오붓한 정을 나누고 싶달까. 일찍 가 버린 친구와 못다 한 인연을 그 딸과 이어 갈 수 있기를. 자연스럽게 말이라도 먼저 트면서, 우연히 밴드 얘기가 풀려나오고 얼결에 찬나 얘기가 나오며…… '어마, 네가 찬나의 딸이구나! 너를 여기서 이렇게 만나다니…… 난 여태 찬나 꿈을 꾸며 운단다.'

 양홍은 뜨거운 상봉을 머릿속으로 연출하며 황톳길로 나섰다.

 관계의 실마리를 풀려면 훈련과 예행연습이 필요했다. 첫 만남 때 양홍은 앞서 걷는 이정을 따라잡지 못해 애가 탔고, 체력이 달려 다 같이 모이는 반환 지점에 다다르지 못했다. 양홍은 매일 아침 벌 받는 자세로 서서 허벅지 힘을 키우는 동시에 미리 코스를 돌아보며 어디쯤에서 이정과 한담을 나누면 좋을지 봐 두기도 했다. 이틀 뒤 맨사랑에선 전에 걸었던 수변 공원을 다시 찾는다고 했다. 양홍은 기사를 데리고 강변까지 차를 타고 간 다음 트렁크에 실어 간 전동 킥보드에 올랐다. 첫날엔 이정에게 정신이 팔려 미처

경치를 즐기지 못했는데, 물줄기를 따라 이어진 둑길이 퍽 아름다웠다. 인터넷으로 지도를 보니 북한강에서 내려온 강의 지류가 서쪽으로 한강과 맞닿았고, 이 삼각주에서 수량이 퍼렇게 솟아나 동남쪽의 충주호로 시원스레 뻗어 갔다. 강 저편의 산자락에는 아름드리 미루나무가 세차게 치솟아 있었다. 황토가 깔린 이편에도 느릅나무가 가지를 뻗었고 노란 산수유 아래 군락을 이룬 민들레가 너풀너풀 춤췄다.

 헬멧과 무릎 보호대를 갖춘 양홍은 킥보드의 핸들을 옴켜쥔 채 자전거 전용 도로를 내달렸다. 다섯 줄로 쌓은 악보의 음계가 수평으로 뻗어 가듯 물 흐름과 경주하며 봄바람을 맞았다. 눈이 시리도록 지형과 운치를 탐색하던 양홍은 바로 여기라는 직감이 드는 지점에 멈춰 섰다. 물줄기가 굽이도는 모래톱에 밑동이 듬직한 버드나무가 뿌리내려 있었다. 그윽하고 덕스러운 나뭇가지가 맑은 수면에 그림자를 드리웠고, 그 곁에 말굽 모양 벤치가 있었다. 거기 앉아 얘기하면 어떤 곡절이나 회한도 강물처럼 흥덩흥덩 떠내려갈 듯싶었다. 양홍은 물 너머 먼발치에 핀 불긋한 꽃을 보며 다시금 결심을 다잡았다.

 훗날 양홍은 무덤이나 납골 단지에 들어앉고 싶지 않았다. 양홍의 묏자리는 저 물처럼 일렁이고 휘돌다 끝내 증발하고 마는 음악이었다. 누구라도 양홍의 노래를 듣는다면 그 무형의 묘소를 찾은 성묘요, 리듬에 따라 고개를 끄덕이며 가사에 심취해 열창하는 게 떠나간 이를 위한 애도였다. 노래가 끝나면 그 짧은 초혼도 잦아들 테지. 양홍은

드그다 웃따웃따

당김음으로 낙하하는 라일락 꽃잎을 보며 보사노바풍의 몽환적인 선율을 떠올렸지만 억척스럽게 멜로디를 붙잡는 대신 제자리에 서서 스쿼트를 했다.

맨사랑에 나가는 토요일, 양홍은 새벽부터 홀로 세족식을 치르며 탈의를 준비했다. 일찌감치 황톳길 진입로에 나가 이정을 찾아 두리번거리는데, 입가에 쪼록쪼록 잔주름이 잡힌 여자가 다가와 말을 붙였다.

"혼자 오셨지? 지난번엔 가다 마시던데, 말벗하면서 친구랑 가야 멀리 가요."

재래시장에서 약초 가게를 운영한다는 그 여자는 대뜸 자기가 직접 갈았다며 보얀 마즙을 건넸다. 암 진단 후 입에 넣는 건 드레싱 하나라도 모래알 세듯 까다로운 양홍이었으나 그날은 여자가 자랑하는 씨알 굵은 안동 참마의 효능에 홀려 진하고 끈끈한 마즙을 고개를 뒤로 젖히며 쭈룩 빨아 마셨다. 이정의 고모인 부회장이 사람들을 모아 몸풀기 체조를 진행했다. 양홍도 참마즙과 짝이 되어 서로의 어깨에 손을 얹고 허리를 기역 자로 구부렸다. 구령에 맞춰 이여차 등을 펴고 발목을 돌리던 사람들이 하나둘 도보를 시작하는데, 어쩐 일인지 이정은 보이지 않았다.

"오늘은 샌드위치 안 주시나요?"

눈치 없는 열등생 목소리로 양홍이 묻자 이정의 고모가 문신한 지 오래된 푸르뎅뎅한 눈썹을 모으며 신입 회원을 자기식대로 하대했다.

"날이 푹해서 상해. 이따 중간 지점에서 점심 먹게 해

드릴게."

"샌드위치요? 그 아가씨가 샌드위치 주는 거죠?"

양홍이 거듭 질척거리자 참마즙이 양홍의 팔을 잡아끌었다. "갑시다, 강 따라 세월 따라 어데로 갈끄나."

양홍은 참마즙의 어깨동무에 목이 붙들린 채 맨발족의 행렬에 섞여 들었다. 황색 둑길이 공항의 무빙워크처럼 두루루 움직이길 소원하며 양홍은 걷고 또 걸었다. 온몸의 땀구멍에서 텁텁한 체액이 좍좍 흐르고, 숨이 차오르다 못해 목구멍에서 쑥 태우는 냄새가 올라올 때까지 양홍은 팔다리를 허든대며 고행을 멈추지 않았다. 이날을 놓치면 또 사흘을 허비해야 했다. 엎어진 잉크병처럼 암세포가 어디로 퍼질지 모르는 판국에 무대책 무방비로 저 앞에서 우는 아이를 방치할 수 없었다. 현실로는 이정이 양홍보다 몸집이 큰 어른이었으나 손윗사람에겐 자식 세대가 철모르고 나부대는 어린애로 보이지 않나. 양홍은 이정에게 사람 보는 눈을 가르치고 싶었다. <찰나찰나>에 얽힌 이야기도 털어놔야 했고, 곡을 어떻게 관리해야 할지 당부해야 할 것도 많았다. 편곡해 커버하는 건 가능해도 정식 리메이크 승낙은 허들을 높여야 했다. 뭣보다 벼랑길인지 곧은길인지 분별하는 안목과 감, 본능이 켜지고 야성이 움찔대는 직감을 의심하지 않고 요즘 말로 남한테 가스라이팅 당하지 않을 줏대와 토대, 그 버팀목을 세워 줘야 했다. 양홍은 이정의 미래를 다져 가듯 황토를 밟으며 눈을 부릅떴다. 자신이 죽자고 버티는 만큼 이정의 삶이 순조로워진다는 밑지는 계산에 숨을 끅끅

토해 내며 전진했다. 옆에서는 폐활량이 말도 못 하게 좋은 참마즙이 종알종알 떠들었다. 다람쥐처럼 작고 뾰족한 발로 어찌나 기운차게 걷는지 시장의 닭집 여자를 욕했다가 자기 시댁을 흉봤다가 수다를 멈추지 않았다. 그 말소리가 염불 소리 같기도 하고 등 뒤에서 날아오는 연발총 소리 같기도 해서 양홍은 자신의 분투가 생사를 가르는 전쟁이 아닌가 싶었다. 야멸찬 사령관처럼 검지로 등때기를 찌르는 부회장의 지적에 진저리치며 양홍은 1시간 20분 만에 중간 지점인 버들 슈퍼 앞에 다다랐다. 모자의 안감은 땀으로 흠뻑 젖었고 발을 헛디뎌 몇 번 나자빠지는 바람에 팔과 뺨은 누리끼리한 진흙투성이였다.

"저기 돗자리 펴 놨으니 그늘에 가 앉으세요. 발은 어차피 또 더러워질 거니까 대충 흙만 털고."

부회장이 사람들을 호령하며 언덕배기를 가리켰다. 참마즙이 손가락을 딱딱 맞부딪치며 박자에 맞춰 흥얼댔다.

"족발이 왔네, 막걸리가 왔어."

"샌드위치는요? 점심으로 샌드위치 먹는 거 아녜요?"

양홍이 질겁하자 참마즙이 자기 발등을 털던 수건의 귀퉁이를 꼬집어 꾀죄죄한 양홍의 눈가를 닦아 주었다.

"오늘은 특식이에요. 부회장이 구청에서 지원금 받았나 봐."

혼미한 정신에도 양홍은 샌드위치를 나눠 주던 아가씨는 안 오냐고 물었고, 참마즙은 원래 총무는 토요일엔 뇌 호흡 센터 일로 결석한다고 말해 줬다. 양홍은 간신히 붙들고 있던 의지가 탄산가스처럼 빠져나가는 듯했다. 서슬이

댕댕한 눈으로 부회장을 노려보던 양홍은 허깨비걸음으로 비탈길에서 휘청였다. 놀란 참마즙이 이럴 땐 구급혈을 눌러야 한다며 양홍을 잡아 앉히며 발가락 끝을 손톱으로 쑤셨다. 양홍은 새된 비명을 내지르며 맘씨 고운 동행의 가슴께를 발로 떠밀었다. 엉덩방아를 찧은 사람에게 실례가 많았다는 어중간한 사과를 건네고서 화장실에 다녀온다는 거짓말로 그 자리를 떴다. 기사를 불러 집으로 돌아간 양홍은 그날로 지독한 몸살이 났고 주치의에게도 면박을 들었다. 맨발 걷기가 무조건 좋다는 건 낭설이라며 의사는 퉁퉁 부은 양홍의 무릎에 소염제와 충격파 마사지를 처방했다. 양홍은 물리치료실 침대에 누워 푸른 간호복을 입은 치료사를 애틋하게 봤다. 혹사당한 근육이 보란 듯 비명을 지르는 통에 내주에 열리는 맨사랑 모임은 엄두도 못 냈다. 카페 게시판에 올라온 모임 사진을 크게 늘리며 그 안에서 보고픈 얼굴을 찾았다. 해 가리개 모자를 쓴 고령의 남녀 틈바구니에 홍조를 띤 젊은 이정이 끼어 있었다. 그들은 수변 공원과 가까운 수목원의 맨발길을 도보한 다음 호프집에 몰려가 회포를 푼 모양이었다. 구운 노가리와 맥주잔을 부딪치는 사진에는 3차로 노래방에 갔다는 얘기가 댓글로 달려 있었다.

저기에서 <푸른 비탈>을 불렀다면 자연스럽게 찬나 얘기가 나왔을 텐데.

양홍은 설움과 낭패감에 뒤척였고 새벽녘 약기운에 곯아떨어진 잠에서 또 찬나의 꿈을 꿨다. 스물둘, 그들이 막 떠오른 음악의 한 소절처럼 지극히 아름다웠을 때, 두 번

드그다 웃따웃따

다시 회귀하고 싶지 않은 그 정처 없는 날로 돌아가 똑같이 고통받았다.

한밤에 매니저 연락을 받고 어느 밀실에 가면 만면에 기름 낀 남자들이 벨벳 소파에 앉아 양홍과 찬나를 품평했다. 더 찬란하고 더 고고했던 찬나는 나중까지 그곳에 남았고 양홍은 빽빽한 어둠 속을 걸어 혼자 숙소로 돌아갔다. 그 야밤의 귀갓길이 이어지던 어느 날, 찬나가 그들을 데리러 온 승합차에 올라타며 말했다.

"오늘은 같이 집에 갔으면 좋겠다."

양홍은 당혹감에 귓속이 멍해졌다. 그간 찬나가 홀로 감내해야 했던 고초가 비틀린 노이즈처럼 양홍의 고막을 떠밀었다. 그래, 그러자, 오늘은 무슨 일이 있어도 같이 집에 가자. 내가 너 좋아하는 야식 만들어 줄게. 신김치랑 햄이랑 송송 썰어 김치볶음밥 만들어 줄게.

그날 양홍과 찬나는 안면이 종기처럼 부푼 사람들 앞에서 기타와 건반을 치며 팝송을 불렀다. 무슨 영문인지 그날은 매니저가 둘을 밖으로 불러 선택권을 줬다. 누가 남든 상관없으니 알아서 정하라고, 자기가 해 줄 건 둘 중 한 명이라도 보내 주는 것밖에 없다고 했다. 양홍과 찬나는 담벼락에 등을 대고 서서 시간을 끌며 담배를 피웠다. 뿌연 밤하늘에 좁쌀 같은 빛이 띄엄띄엄 흐릿했다.

"별인가?"

찬나의 말에 양홍이 카운터 멜로디를 붙이듯 응답했다.

"별인가? 인공위성?"

김멜라

빛의 정체를 더듬어 보던 찬나는 길가의 어둠을 응시하며 즉흥곡을 만들었다. 별자리, 음자리, 술자리, 잠자리…… 느린 플랫음으로 이어지던 선율은 전조도 없이 톤이 달라지는 노래처럼 맹숭한 작별 인사로 바뀌었다.

"잘 가라. 김치볶음밥은 내일 해 먹자."

찬나는 뒤돌아 손을 흔들며 휘뚝휘뚝 멀어져 갔다. 양홍은 그 자리에 붙박여 타들어 가는 꽁초를 노려봤다. 안구 뒤편에서 뜨거운 덩어리가 밀려들며 두서없는 가사가 입속에 버석거렸다.

'아 윌 킬 유, 난 널 죽일 거야, 목구멍에 화약 맛이 감돌게 해 주겠어.'

양홍은 택시비가 없어 3시간을 걸어 집으로 갔다. 가는 동안 동틀 녘 문을 연 슈퍼에서 볶음밥에 넣을 햄을 샀다. 혀를 깨물거나 뺨을 때리지 않기 위해 '아 윌 킬 유'의 하드록에서 '별자리, 음자리'로 조바꿈 되는 스다란 스다라란을 울음 반 노래 반으로 웅얼거렸다. 하지만 녹음해 두지 않은 그 멜로디는 실온에 썩어 가는 음식처럼 양홍의 심연으로 버려졌고, 긴 세월이 흘러 투병으로 신음할 때야 갈라 터진 입술 사이로 새어 나왔다. 양홍은 오한과 발열을 오가며 환청을 들었다. 살면서 자신이 토하고 배설한 악절들이 지옥의 폐수처럼 들이닥쳐 가담자이자 방관자였던 양홍을 징벌했다. 별자리, 음자리, 우리가 노래 부르던 그 자리. 무대에 설 때면 찬나는 불현듯 관객을 등진 채 뒤에 선 양홍과 눈을 마주쳤다. '알지? 지금 너도 느끼지?' 음악이 그들을 드높이 발사해 주던 찰나. 아주 찰나. 그 무아경의 폭발에서 아득히 떠밀려 온 양홍은 쇠진한 몸으로 통증에 고문당하며 또다시 친구의 목소리를 붙들었다. 먼저 가, 넌 집으로 가. 내가 여기 있을게.

밴드가 와해한 뒤 양홍은 찬나를 피했다. 세상에 자신의 소리를 내기 위해 어떤 대가를 치러야 한다는 걸 알아 버렸는데, 그 앎을 어찌해야 할지 몰랐다. 양홍은 눈에 실핏줄이 터지도록 우느라 친구의 결혼식에 가지 못했고 오랫동안 햄을 넣은 볶음밥은 입에 댈 수 없었다.

3. 등줄쥐

조급증이 난 양홍은 업체 실장에게 연락해 돈으로 살 수 있는 다른 정보가 있는지 물었다. 온라인에 남은 이정의 흔적을 알고 싶었다.

"그쪽은 진행비가 더 듭니다. 그만큼 결과물도 빠르게 나오고요."

전화를 끊기 전 그는 산부인과 기록은 필요 없느냐고 물었고, 양홍이 좀 깎아 달라고 하자 5퍼센트를 할인해 주었다. 이틀 만에 퀵 서비스로 받은 서류봉투에는 국내 포털 사이트에 가입된 이정의 이메일과 그 아이디로 남은 이정의 발자취가 담겨 있었다. 진료 기록부터 꺼내 본 양홍은 처음부터 실장이 이 서류를 수중에 넣고 있었음에도 홍정을 이어 간 거라 짐작했다. 이정을 탓하는 마음은 일절 들지 않았다. 다만 앞으로 이정에게 난소나 유방 쪽 검진을 철저히 받게 하자고 다짐했다. 찬나가 급성간염으로 떠났으니 그쪽도 들여다봐야 했다. 겉으로는 말짱해 보여도 속에 어떤 변고가 싹터 있을지 모를 일이었다. 따로 품을 들이지 않았더라면 양홍도 이정의 구김살 없는 표정에 깜박 속았으리라.

등줄쥐.

이정은 'x등x줄x쥐x'라는 닉네임으로 맨발 걷기와 관련된 인터넷 게시물에 악플을 달았다.

인간들 장수 탐욕 다 업보로 돌려받을 거다. 낙엽이랑 부식토는 땅의 피부나 마찬가진데, 그걸 쓸어 내고 지근지근 짓밟는다? 지들도 똑같이 당해 봐야 정신 차리지.

등줄쥐는 맨발 걷기의 효능과 그 열풍을 전하는 뉴스마다 이런 댓글을 달아 놨다. 어떤 게시물엔 답압 때문에 고사하는 나무를 보면 동족 혐오가 치민다며 욕설을 달았고, 어떤 댓글 창에선 환자 떨어질까 발악하는 의사 협회의 끄나풀이냐고 조롱하는 사람과 주렁주렁 말싸움을 벌였다. 등줄쥐는 몇 년 사이 지자체가 앞장서 근린공원부터 도시 숲, 강변, 하천, 습지, 구릉지를 가리지 않고 전국에 수백 곳에 달하는 맨발길을 조성했다고 힐난했다. 세금을 들여 나무를 뽑아내고 세족장이나 신발장을 만드는 것도 모자라 야간 조명등을 달아 숲을 괴롭히는 게 옳은 정책이냐고 쏘아붙였다. 어느 구청의 민원 게시판에도 등줄쥐의 흔적이 있었다. 뉴스

댓글의 과격한 톤과 어투가 달랐지만 같은 이메일로 가입해 남긴 이정의 목소리였다.

…… 그 뒷산으로 가는 오솔길은 참 아름답고 호젓한 산책로였습니다. 우거진 관목들이 봄이면 꽃을 피웠고 가을에는 새들이 날아와 열매를 쪼아 먹었습니다. 그런데 멀쩡한 사철과 철쭉을 베어 내고 나뭇잎과 돌을 쓸어 '맨발 걷기' 길이 만들어졌습니다. 땅을 밟으며 자연을 느끼고 건강하게 살려는 마음은 이해하지만, 나 살자고 다른 생명을 죽이면 되겠습니까. 어느 책에서 보니 흙 한 줌이 만들어지려면 최소 200년이 걸린다고 합니다. 우리네 인간은 별생각 없이 흙을 쓸어 내지만, 그 토양은 지구가 수천, 수만 년간 인고로 만들어 낸 자연의 결실입니다. 결국 우리 인간에게도 피해가 되돌아와 장마철에 토사가 흘러넘칠 테고 황토에 하수구가 막힐 겁니다. 바람이 불면 또 얼마나 먼지바람이 일겠습니까.

정중한 항의 글에는 '지피류가 사라진 황폐한 오솔길'이란 설명과 함께 누런 숲길 사진이 덧붙여 있었다. 또 등줄쥐는 반려동물 커뮤니티에 쥐가 옮기는 바이러스를 경고하며 교묘하게 맨발족과의 사이를 이간질했다.

…… 코로나 바이러스도 등줄쥐가 매개체란 말이 있더군요. 등줄쥐가 거기에 무슨 짓을 해 놨을지 모르는데, 맨발로 활보하는 거 되게 무모한 짓 아닌가요? 사실 우리 아이들 오줌보다 맨발로

그러는 게 본인들에게 더 치명적인데 말이죠.

 양홍은 손끝이 싸늘해지고 침이 진득해지며 저혈압 증상이 왔다. 이정은 왜 이런 짓을 하는 걸까. 맨사랑의 총무인 애가 섬찟한 들쥐 사진을 인터넷에 뿌리며 사람들을 겁주다니. 대체 무슨 꿍꿍이가. 이 괴이한 이중인격을 어떻게 받아들여야 하나.
 그날 밤 양홍은 등줄쥐, 등줄쥐, 같은 어절을 되씹으며 집 안을 서성였다. 이정이 내뱉은 저주의 말이 찬나의 목소리와 쌍을 이뤄 양홍의 가슴을 들이받았다. 아무래도 이정의 저런 종작없는 품성은 찬나에게서 내려온 성미 같았다. 찬나도 한번 수틀리면 자해에 가까운 뱃심을 부렸으니까. 자기의 소절을 망치는 것도 모자라 남의 파트까지 그르치는 듯 찬나는 오랜만에 열의로 하나가 된 밴드를 무너뜨렸다.
 그때 소속사 사장이 무슨 수를 부렸는지 크리스털 레인은 영국의 한 록 밴드 내한 공연에 서게 됐다. 메인 공연이 아닌 지방 투어의 한 자리였으나 그 오프닝에 선다는 건 뮤지션으로서 영광의 두레박에 올라탄 거나 마찬가지였다. 그런데 예기치 않은 또 다른 스케줄이 잡혔다. 지상파에서 생중계하는 공익 콘서트에 크리스털 레인이 땜빵 가수로 섭외된 것이었다. 회사는 양손의 떡을 두고 고민하다 어렵사리 헬기를 동원했다. 그날 올림픽 경기장에서 노래 세 곡을 마친 밴드는 부리나케 뛰어 근처 빌딩의 옥상으로 갔다. 약속대로 헬기 한 대가 어둑한 빈터에 착륙해 있었다. 양홍은 엄청난 바람과 프로펠러 소음에 흡사 톱스타가 된 듯 가슴이 요동쳤다. H와 K가 차례로 귀마개를 받아 들며 헬기에 올랐고 양홍도 뒤따랐다. 그런데 찬나는 돌풍에 뒤집히는 옷을 추스르지도 않은 채 꼼짝 않고 서 있었다.

"이거 어디서 온 거예요? 우리가 왜 소방서 헬기를 타요?"

프로펠러 소음에 묻혀 찬나의 말소리가 흩어졌다. 처음엔 찬나의 말뜻을 이해하지 못하던 매니저가 점차 얼굴을 험악하게 일그러뜨리며 고함쳤다.

"그래서, 안 탈 거야!"

"난 방송국 헬기인 줄 알았어요!"

"알았으니까 일단 타!"

입을 찢으며 고성을 내지르던 매니저가 손목을 잡아당겼지만 찬나는 안간힘으로 버텼다. 찬나가 버틴다는 게 어떤 의미인지 밴드 멤버는 모두 알았다. 찬나가 허락하지 않는 한 억지로 찬나를 휘두르는 건 불가능했다. 음악의 신이 온대도 그건 불가능했다.

"시간 없어. 그냥 태워!"

돌아 버리기 직전의 얼굴로 매니저가 팔을 휘젓자 H와 K가 찬나의 몸을 붙들었다. 찬나는 허리를 비틀며 발버둥 쳤고, 얼이 빠진 양홍은 찬나가 다칠까 봐 뒤에서 그 애를 끌어안았다. '괜찮아, 진정해, 별일 아냐.' 양홍은 찬나와 뺨을 맞대며 다독였다. 두 팔을 H에게, 다리를 K에게 붙들린 찬나가 뒤에서 자기를 포박한 양홍을 봤다. '양홍이 너도? 너까지?' 찬나는 그대로 실신했다. 그들은 축 늘어진 찬나를 헬기에 태워 공연장으로 갔다. 그때까지만 해도 양홍은 찬나가 연극을 하는 거라 여겼다. 그러나 콘서트장 대기실에서도 찬나는 깨어나지 않았고, 뺨을 때리고 찬물을 끼얹어도 두 팔을 늘어뜨린 채 고요히 숨만 내쉬었다. 결국 오프닝에는 보컬 없이 셋만 올랐다. 차마 립싱크할 수 없어 H와 양홍이 번갈아 노래를 불렀고 야유와 물통 세례 속에 도망치듯 무대에서 내려왔다. 사람들은 신인 가수의 무책임과 불성실을 연일 비난했고 회사는 피치 못할 사정을 언론에 설명하는 대신 밴드를 해체하는 것으로 분풀이했다. 사장은 찬나가 자신의 얼굴에 먹칠하려고 일부러 복수극을 꾸몄다고 믿었다. 은밀히 불러낸 술자리에서 팝송과 트로트를 열창하던 찬나, 위스키를 받아 마시며 말귀를 알아먹던 찬나가 어째서 별일 아닌 편법에 기겁하며 혼절까지 했을까. 굴욕과 모멸을 감수하며 스스로 볼륨을 키워 놓은 그들의 사운드를 왜 한순간의 잡음으로 망쳐 버린 걸까. 양홍은 자신이 찬미하던 우상이 가장 빛나는 무대를 박살 냈다는 게 믿기지 않았다. 잔인한 배신은 찬나가 아닌 자신이 저질렀다는 걸 인정하지 않은 채 수십 년간 찬나를 탓하고 찬나를 그리워했다.

양홍이 만든 모든 음악의 밑음이자 소란이었던 그 록 스타를, 텅 비어 침묵할지언정 남의 비명으로 자기의 무대를 채우지 않았던 그 올곧은 패배자를.

뜬눈으로 밤을 새운 양홍은 어스름에 택시를 타고 강가로 갔다. 모임 시간은 아침 9시경이었으나 양홍은 더 망설이거나 재고 싶지 않았다. 이정의 블로그에는 크리스털 레인의 활동 기록을 모아 놓은 게시물이 있었다. 물그릇 시절의 빛바랜 사진과 밴드 출신 작곡가 구양홍의 자세한 프로필까지. 이정은 이미 맨사랑 신입 회원의 정체를 알고 있을지 몰랐다. 그리고 양홍은 정보를 덧댈수록 자신이 이정의 삶을 한눈에 조망할 수 없다는 걸 받아들였다. 맨사랑과 등줄쥐의 모순에 찬나의 기억까지 보태져 양홍의 신경을 아프게 죄어 왔다. 연음도 배음도 아닌 마구잡이로 증폭돼 속귀를 파고드는 하울링. 양홍은 과거나 지금이나 그 고주파의 음역에 떨떨떨 몸의 축이 기울었다.

새벽의 황톳길은 청명했던 낮과 다르게 매운 강바람이 불었다. 강물은 칠흑에 덮여 물살을 가늠할 수 없었고 짙은 물비린내와 낙수 소리가 음산하게 몸을 에워쌌다. 양홍은 허리를 숙이지도 않은 채 뒤꿈치를 맞닿게 해 신발과 양말을 벗었다. 길의 낙차를 분간하기 힘든 어둠 속에서 불시에 튀어나올지 모를 등줄쥐를 경계하며 잰걸음을 내디뎠다. 양홍은 바이러스에 감염돼 패혈증으로 숨을 거두는 자신의 최후를 남김없이 상상했다. 쥐의 배설물을 짓이긴 발과 그 발을 무심코 만지다 입가를 쓱 문지르는 불운의 연속을. 공포와 두려움이 팽팽해져 귓전에서 맥박이 뛰었고 이명까지 왕왕 울렸다. 도레미파로 빛과 소리가 커지는 암 센터의 계단처럼, 살면서 양홍이 들어 왔던 온갖 잡음이 발걸음마다 재생됐다.

잘못했다고 다신 안 그러겠다고 빗자루를 거꾸로 든

엄마 앞에서 눈물범벅이 되어 비는 소리, 빽빽 울어 젖히는 갓난애의 목청소리, 압력솥의 머리 추가 치클치클치클 몸부림을 치는 소리, 때리지 말라고 엄마 때리지 마시라고 아버지의 바짓가랑이를 붙잡고 애걸하는 소리, 아파, 아픈데? 싫은 것 같아, 그만하고 싶어, 질 안으로 타인의 신체가 밀고 들어올 때 비어져 나오던 신음, 앞, 픔, 펏, 찍히고 베이고 접질릴 때 내지르던 외마디 비명……. 그 어떤 소리도 없이 증오와 슬픔을 토해 내던 찬나의 눈빛…….

 양홍은 자신의 가장 깊은 데 고인 소리가 난삽하고 조악해 웃음이 났다. 이제껏 양홍은 두 번 가슴뼈를 열었다. 한 번은 있는 것을 떼어 내려고, 또 한 번은 없던 것을 더해 주려고. 통증으로 허벅다리를 치며 죽게 해 달라고, 제발 이 고통만 멈추게 해 달라고 수신자도 없는 애원을 할 때야 양홍은 자기의 빈 그릇을 깨달았다. 무엇을 채우든 삶이란 나날이 금이 번져 종국엔 그릇 터지는 파열음만 남을 뿐이었다. 그 종지음을 꾸밀 수 있나? 기교를 부릴 수 있어? 고통에 지쳐 신음마저 잦아들고 모든 소리가 고갈되자 양홍은 자신이 노상 지직거리던 욕망과 아우성에 뒤흔들렸단 걸 깨달았다. 양홍이 지은 노래는 그 불안과 야욕에 예쁜 음과 박자를 입혀 팔아 치운 호객 소리였다. 장사판에서 빈털터리로 쫓겨난 뒤에야 양홍은 마침내 자신이 아무 소리도 필요치 않은 무음의 나락으로 떨어졌다고 믿었다. 양홍은 놓아주고 물러서는 중이라 자신했다. 손아귀의 힘을 풀어 단정한 작별을 준비하면서도 그 풀려난 것들이 어디로 가나 안달하며 남의

드그다 웃따웃따

울타리를 넘어 이정을 침범했다.
  그치자, 그쳐, 다 고만두자.
  걸음에 박차를 가하던 양홍은 땅이 아니라 곯은 복숭아를 밟는 기분에 방향을 틀었다. 닦인 길을 벗어나 경사를 내려갔고 넘어지지 않으려 풀잎을 뭉텅이로 부여잡았다. 양홍은 이정이 자신의 저작권을 받지 않으리란 예감이 들었다. 그 애는 받지 않을 것이다. 양홍에겐 줄 것이 없었다. 자격도 권한도 애초에 양홍의 것이 아니었다.
  밴드 시절 양홍과 찬나는 새벽까지 연습실에 마주 앉아 악기로 합을 맞추며 곡을 지었다.
  "찰찰찰찰, 비트를 최대한 쪼개서."
  "드그다 읏따읏따, 두 소절 반복한 다음 키보드를 깔자."
  "반음 올리는 거 어때? 들어 봐."
  두 사람은 한쪽씩 발목을 묶어 이인삼각을 하듯 소리의 간격을 밀착해 나아갔다. 스다란이나 도라루 같은 가이드 허밍으로 멜로디만 붙인 노래는 크리스털 레인의 2집 앨범에 넣기로 했고, 찬나는 악보를 쓸 줄 아는 양홍에게 온전히 작곡자 타이틀을 주겠다고 했다.
  "괜찮아? 너도 같이한 건데."
  양홍은 차후에 정식 음반을 발매할 때 공동 작곡으로 자신과 찬나의 이름을 명시할 작정이었다. 그러면서도 친구의 진심을 떠보았고 그때마다 찬나는 뺨에 주름이 잡히게 웃으며 같은 레퍼토리를 반복했다.
  "이따 김치볶음밥 만들어 줘."

"그거면 돼?"

"나중에 뜨면 뮤직 동산 만들자."

뮤직 동산은 찬나가 꿈꾸는 가상의 공간이었다. 소유나 값없이 모두가 자유롭게 음악을 뚱땅거리는 상상 속 음악 동산. 찬나는 몇몇 사람이 음악으로 너무 많은 돈을 버는 건 염치없는 짓 같다고 했다. 평균율을 쓴 바흐 정도라면 모를까, 소리는 본래 사람이 가질 수 없는 거 아니냐고.

"그렇게 따지면 한글로 쓴 글은 전부 세종대왕 거네?"

양홍은 꼬투리를 잡으며 찬나의 소신에 반박했지만, 속으론 자기의 짝에만 유독 너그러운 늑대의 왕을 보듯 찬나를 우러렀다. 그 시절 찬나는 <푸른 비탈>이 평화를 가져다주는 노래이길 바랐다. 그러나 양홍은 수선스럽고 억세게 살아남아 자기의 나약함을 부르짖어야 했다. 쥐다, 다 죽이는 등줄쥐다!

돌부리에 용천혈을 찔려 가며 양홍은 물가에 다다랐다. 산자락에 동이 터 오고 거센 바람이 먼지 세례를 쏟아부었다. 등줄쥐가 악담했던 바람, 그 흙바람이었다. 이제 땅이 나를 밟고 갈 차례인가. 양홍은 실눈을 뜬 채 옷소매로 입가를 막았다. 요전에 받아 마셨던 마즙 한 모금이 절실했다. 자꾸만 말려 올라가는 왼쪽 브래지어 캡을 끌어내리며 양홍은 스마트워치의 숫자를 봤다. 이따 참마즙을 만나면 요령을 다시 물어봐야지. 자기도 한쪽만 절제했다며 짝짝이 브래지어 차는 법을 말해 줬잖아. 양홍은 참마즙의 날랜 걸음과 어울리는 뚭따라따 따라 따라를 떠올리다 고개를 흔들며 멜로디를 털어 냈다. 비워도 비워도 차오르는 이 짓는 습관.

드그다 웃따웃따

양홍은 가쁜 숨을 삼키며 상류를 돌아봤다. 흙바람과 함께 뒤통수에 꽂히는 누군가의 시선이 느껴졌다. 기다렸던 한 사람이 둑길에 서 있었다. 혼탁한 바람 속에, 갑피가 단단한 운동화를 신고서.

이정은 그윽이 양홍을 내려다봤다. 왜 이 시간에 자신을 불러냈는지 다 안다는 듯이. 올라서는 엄마 친구에게 손도 내밀어 주지 않은 채.

찬나야, 네 딸도 김치볶음밥 좋아하니?

양홍은 뒤집히는 모자의 턱 끈을 부여잡고 이정과 눈을 마주쳤다. 길턱에 이정이 가져다 놓은 양홍의 신발이 있었으나 이정의 그런 마음은 보이지 않았다. 다만 고단함에 징징 울리는 두 발로 걸음마를 배우는 아이처럼 뚱기적 비탈을 오를 뿐이었다. 양홍은 누가 자신을 좀 실어다 줬으면 싶었다. 자신이 살아온 날들이 믿기지 않았다.

작가노트

이 소설을 쓰고 나니 세 갈래의 마음이 제게 남습니다. 그 마음을 도미솔처럼 눌러 볼까요. 도— 어느 유명 밴드의 멤버는 악보를 볼 줄 모르면서 그저 '듣기에 멋있으면 된다'는 식으로 많은 명곡을 지었다고 합니다. 미— 제 애인은 제 귀엔 무척 고운 목소리를 지녔지만 노래를 부를 땐…… 다소 음치처럼 들립니다. 애인은 말합니다. "분명히 음이 내 안에 있는데, 출력이 안 돼." 솔— 제가 자주 다니는 공원에 '맨발 걷기' 길이 만들어지면서 작은 습지가 사라졌습니다. 그곳은 오랫동안 수중 생물과 두꺼비들의 서식처였는데 말이죠. 도미솔— 하지만 맨발로 걸으며 건강히 살고 싶은 마음을 이해합니다. 저에게 노래방에 가자고 말하는 애인의 마음과 악보 쓰는 법을 배우지 않은 비틀스의 마음도 알 것 같습니다. 끝내 모르는 것은 제가 만들어 낸 '찬나'의 마음입니다. 그 마음은 어떤 음계를 눌러야 알 수 있을까요. 음악이나 숲이 몇 사람의 소유가 될 수 없는 것처럼 마음 또한 다른 마음들에 빚지며 생겨나는 게 아닐까요.

드그다 웃따웃따

저주 참는 법

김화진

요즘 나는 꾸준히 누군가를 저주하고 있다. 저주의 내용은 다양하다. 다양한 불행. 얼굴을 찡그리고 잊어버릴 만한 사소한 불행부터 늪처럼 덫처럼 발목을 붙들고 묶어 버리는 커다란 불행까지. 나도 내가 누군가를 저주하게 될 줄 몰랐다. 사악한 마음이 선명하게 느껴지는 것은 꽤 새로운 일이다. 내 안에는 선한 의지만 있는 줄 알았다. 나 스스로를 좀 과대평가했던 듯하다. 나빠도 그렇게까지 나쁘진 않을 줄 알았다. 나쁜 의지가 있어도 숨죽이고 웅크리고 있어 발견할 길이 없을 줄 알았다. 그러나 어느 순간, 잠잠한 마음 한가운데 요동치느라 바쁜 마음 하나를 들여다보니 그것은 누군가를 저주하는 마음. 다른 마음들이 힘없이 늘어져 있을 때도 그 마음만은 열렬하고 분주했다. 어떻게 이럴 수가?

더하여, 내가 숨 쉬듯 저주를 일삼는 대상은 내가 그 무엇보다 사랑하는 사람이라는 사실이 나를 더 숨 막히게 만든다. 그것은 다름 아닌 선화. 나는 선화와 헤어졌다. 몇 주 안 됐다. 그래서인지 선화를 떠올릴 때마다 내 가슴은 불안정하게 두근거린다. 선화는 내가 가장 오래 만난 여자 친구다. 내 연애사 동안 평균적으로 남자 친구와 사귈 때보다 여자 친구와 사귈 때 이별이 빨리 찾아왔다. 왜지. 왤까. 그 이유에 대해 골몰했던 적이 있다. 내 문젠가? 그 생각에 사로잡히면 헤어 나올 수가 없었다. 선화는 그 생각을 멈추게 해 준 사람이었다. 3년 9개월간 내 옆에서 떠나지 않고 존재함으로써. 선화는 내 옆에 섰던 사람 중 가장 오랜 시간을 함께 보낸 사람이었고 나는 그 사실이 뿌듯했다. 좋았다.

선화는 내가 이전까지는 도저히 넘을 수 없던 어떤 시간의 덫을 넘기고도 누군가와 함께할 수 있는 사람이라는 생각을 하게 해 주었다. 그리고 그런 사람이라면 더 이상 헤어지지 않을 수도 있겠구나! 그런 생각도 하게 만들었다. 이게 결혼한 사람들이 종종 말하는, '결혼할 사람이면 보자마자 딱 이 사람이구나 하는 생각이 들어.' 그런 건가 싶었다. 그 생각이 선화를 만나자마자 냅다 든 것은 아니었지만 선화를 만나는 동안 그 생각이 점점 커졌다. 선화가 곁에 있어 줌으로 인해 처음 가져 본 생각이었다. 그런 생각을 가능하게 해 준 것만으로 선화에게는 고마움이 크다. 그렇지만 지금 선화는 없고.

나는 텅 비어 버린 시간을 낭비하기 위해, 저주를 지우고 다른 생각으로 뇌를 채우기 위한 아이디어를 마구잡이로 떠올리는 나날을 보내고 있다. 이런저런 저주를 하다 보면 내 뇌를 정작 가득 채우는 것은 저주의 실현 가능성 따위가 아니라 선화가 입는 옷차림, 선화가 하는 말버릇, 선화의 이런저런 표정들뿐이기 때문이다. 선화가 뇌 속을 장악하면 시간이 느리게 간다. 지루해서 미칠 것 같다. 눈앞에 있지 않고 뇌 속에만 있는 선화와 함께하는 시간은 절대 즐겁거나 반갑지가 않다. 도망치고 싶은데 도망칠 수가 없다. 뇌를 뜯을 수도 없고. 사실 선화와 함께 있을 때도 딱히 뭔가를 한 건 아니었는데.

그러고 보면 존재가 시간을 지우기도 하는 것 같다. 갑자기 받아 든 낯선 시간은 잘 흘러가지 않는다. 나는 선화와 함께하는 데 길들여졌고 익숙했고 선화와 함께 있으면 시간이 손에서 모래 빠져나가듯 스르르르 흘렀다. 자꾸 오늘 밤이 되고 내일이 찾아왔다. 그런데 선화가 없는 지금은? 도저히 시간이 가지 않는다. 낮, 낮, 낮, 저녁이 죽어도 오지 않다가 갑자기 새벽이 되고 새벽이 죽어도 지나가지 않는다. 그러다가 갑자기 아침이 된다. 그 시간들이 전부 너무 껄끄럽다. 내리막에 가까운 시간을 살다가 오르막에 접어든 시간을 살고 있는 것만 같다.

  선화와 만나면서 아, 나 이제 정말 선화와 무척 가까워졌구나 하는 생각이 들었던 때를 기억한다. 기억한다 뿐인가, 자주 그 기억을 꺼내 본다. 내가 안 하던 운동을 한다고 헬스장에 나가네, PT를 받네 하며 까불다가 결국 운동기구에서 미끄러져 바닥으로 떨어졌을 때였다. 왼팔로 바닥을 짚은 덕에 팔꿈치를 쓸려 피부가 벗겨지고 한동안 빨간 동그라미를 달고 다녔다. 선화는 으유, 그럴 줄 알았다며 걱정을 하다가 화를 내다가 했고 병원에 가야 하는 거 아니냐며 호들갑을 떨어 줬다. 나는 그런 선화가 싫지 않았다. 뭘 이런 걸로 병원에 가, 하고 말았지만. 그러나 선화 말대로 병원에 갔어야 했을까. 딱지가 앉아도 그 안에 고름이 차기를 반복했다. 그러면 아프고 간지럽고 억지로 딱지를 뜯어서 물로 고름을 씻어 내고 약을 발랐다. 약을 바를 때마다 선화는 진작 말 좀 듣지…… 하는 표정으로 나를 노려봤다.

  드디어 진짜로 고름 없이 단단한 딱지가 앉을 무렵이 왔을 때, 팔꿈치는 더 이상 아프지 않았지만 전보다 자주 간지러웠고 나는 습관처럼 살갗에서 딱지가 들려 뗄 틈이 있는지 그것에만 관심을 보였다. 그날 밤도 팔꿈치를 들여다보고 있는데 이상한 자세로 골몰하는 나를 향해 (보지도 않고) 선화가 너 상처 딱지 뜯지!라고 외쳤다. 그때 나는 언젠가 어릴 적 엄마에게 변명했던 것과 똑같은 목소리로 아니야, 이게 혼자 떨어졌어, 하고 우물거렸다. 그래서 피 나, 피 나서 본 거야. 하고 자신은 없는데 자존심은 있는 어린애 목소리로. 선화는 그런 나에게 엄마처럼 다가와 반창고 없어? 하고 물었다. 나는 반창고 싫어…… 하고 몸을 뺐다.

  분명 엄마와도 이런 실랑이를 한 적이 있다는 사실을 나는 그때 기억해 냈다. 과거가 돌아온 것이다. 나는 자랐고 늙었지만. 선화는 나의 엄마가 아니라 애인이었지만. 나는 그렇게, 선화로 인해 돌아온 과거가 새삼스럽고 신기해서 그 장면을 조금 만지작거렸다. 선화가 떠난 뒤에도 가장 많이 만지작거리는 장면은 그 장면이다. 선화와 엄마가 겹치고, 나와 어린 내가 겹쳤던 그때. 나는 내가 딱히 감상적인 편이라고 생각하지 않았는데, 눈물이 많아진 중년의 남자처럼 잠깐 센티멘털에 젖어 들었던 것까지 기억한다.

  낚시라곤 해 본 적도 없고 할 생각도 없는데 아빠가 낚시를 하러 오라고 했을 때 냅다 간 것은 시간이 많아서였다.

시간이 많고 선화가 없어서. 선화가 있을 때에는 선화와 함께 뒹구느라 시간이 많아도 아빠의 집에 갈 생각은 하지 않았다. 거기 가야 듣는 말이야 뻔하니까. 회사는 잘 다니냐, 저축은 하냐, 만나는 사람은 있냐, 전화 좀 해라. 할아버지가 죽고 아빠는 할아버지 집을 관리하며 거기서 살았다. 할아버지는 아빠의 진짜 아빠는 아니다. 낳아 준 아빠는 아니라는 뜻이다. 나는 그걸 무척 늦게 알았다. 아무래도 가족이나 친척들의 세부 사항에는 관심이 없는 편이었나……. 그 사실을 알게 된 건 내가 중3? 고1? 그 정도 나이 무렵이었던 것 같다.

언젠가 나와 아빠만 집에 남아 있을 때 아빠는 웬일로 냉장고에 든 반찬을 모두 넣어 고추장과 참기름을 넣고 뭐라 이름 붙일 수 없는 비빔밥을 만들어 주었다. 내가 어릴 때 아빠는 음식을 자주 해 준 적은 없는데, 해 줄 때마다 맛있었던 기억이 난다. 나는 한창 비빔밥을 먹다가 그 사실을 알게 됐다. 아빠는 굉장히 자연스럽게 할머니가 재혼해서 할아버지를 만났잖아, 라고 했는데 나는 놀라서 뭐라고? 하고 숟가락을 놓은 채 소리 질렀다.

아빠는 그런 내게 더 놀라며 비빔밥을 거들던 숟가락을 내려놓았다. 쩝, 물을 한 모금 마시고 입안을 헹군 뒤 입맛까지 한 번 다신 아빠는 너 사촌들이랑 성 다르잖아…… 하고 나를 애잔하게 쳐다봤다. 그런 것까지 모를래……? 하는 표정이었다. 그러니까 아빠는 할머니 첫째 남편 아들이고, 나머지 동생들은 둘째 남편, 그러니까 내가 아는 할아버지가 다른 부인이랑 낳은 아들딸들이라는 거였다. 그렇게 합쳐진 거지. 아빠는 말했다.

 그때 나는 이종사촌들하고도 성이 다르니까 그런 건 줄 알았다고 대답했고 아빠는 내 지능을 무척 염려했다. 나의 바보 같은 질문은 멈출 줄을 몰랐다. 근데 할아버지랑 동생들이랑 안 어색해? 뭐 그렇게 물었던 것 같다. 아빠는 또 한 번 나를 슬쩍 보더니 포기한 듯 대답해 줬다. 뭘 어색해 30년 넘게 아빠였으면 아빤 거지…… 동생들도 아빠가 다 돈 벌어 키웠는데. 그래서 아빠 말이면 꿈쩍 못 하잖아, 걔네가. 그때 아빠는 약간 으스댔던 것 같기도 하다. 하긴 그치, 하고 나는 다시 숟가락을 들고 아빠가 비벼 준 비빔밥을 마저 먹었다.

 그때는 엄마가 있긴 있었는데, 얼굴을 잘 보지 못할 때였다. 아빠 대신 돈 번다고. 아빠 대신 돈 번다고 엄마는 아빠가 싫어졌고, 그런데 어처구니없게도 아빠가 싫어진 엄마가 아닌 시간이 많은 아빠가 다른 사람을 만났다고 아주 나중에 엄마가 말해 주었다. 둘이 헤어지고 한참 후에. 나는 그것도 뒤늦게 안 셈이다.

 아빠는 엄마와 두 번 헤어졌다. 한 번은 서로 도장을 찍으며 법원에서 헤어졌고, 한 번은 아픈 엄마가 연명 치료를 중단한 병원 장례식장에서 헤어졌다. 서울의 집은 엄마가 재혼한 아저씨에게 갔다. 두 사람이 함께 사서 남겨 뒀던 서울의 집은 어차피 아빠 집이 아니었다. 아빠는 그걸 나눠 갖고 싶지도 않다고 했다. 그래서 아빠는 할아버지의 집을 고쳐 살기로 했다. 적지도 않은 나이에 끙끙대며 집을 고치는 아빠가 걱정스러웠는데 아빠는 나보다 기운이 있어 보였다. 그래도 갈 곳이 있는 게 어디냐. 집 한 채 있는 게 어디야. 아빠는 생각보다 긍정적이었다. 어쩌면 나보다 더. 아니 나도 저만큼은 긍정적인 거 같은데, 아무래도 아빠 성격을 닮은 게 맞는 것 같았다. 저 성격이 보존된 데에 군대에 다녀오지 않은 점도 한몫했을까? 그런 사소한 궁금증도 있었다. 아빠 의견을 물어본 적은 없지만.

 아빠는 군대에 다녀오지 않았다. 가난한데 부양해야 할 가족이 많으면 안 가도 되는 법이 있다고, 아빠가 말해주었다. 그걸 말하면서도 왠지 아빠는 군대에 안 다녀온 사실을 부끄러워하는 것처럼 보였다. 그게 뭐가 부끄러워. 안 간다고 딱히 좋았을 거 같지도 않은데. 그렇게 말하면 아빠에게 상처가 될까 봐 속으로만 생각했다. 아빠는 군대에서 보낼 시간까지 꽉 채워 돈을 벌어 동생들 학비를 대고 할머니 할아버지에게 생활비를 부쳤다고 했다. 그러다가 성이 다른 동생 중 막냇동생이 고등학교를 졸업할 즈음 사고로 세상을 떴고 아빠가 엄마와 결혼을 하고 내가 태어날 무렵에 할머니가 지병으로 돌아가셨다. 그리고 이혼을 한 뒤 전 부인도 죽은 것이다.

 세상에 나만 남은 것 같은 기분이 들 때 있었어? 할아버지가 죽고 아빠에게 물어봤더니 아빠는 그냥 끄덕, 고갯짓으로 답했었다. 그럴 때 세상 탓한 적 있어? 그렇게 묻자 아빠는 있지, 하고 대답하고 더는 말이 없었다. 당연히 그렇겠지. 아빠는 동생이 죽고, 엄마가 죽고, 전 부인이 죽고,

새아빠도 죽은 것이다. 그 마음이 어떨지 나는 알 수가 없다. 아빠가 죽는 상상을 아무리 해 봐도. 나는 새아빠가 죽는 걸 겪은 적이 없으니까. 우리 둘 다 엄마가 죽은 걸 똑같이 겪었대도 나는 아빠가 아니니까. 아빠는 전 부인이 죽었지만 나는 선화가 죽은 건 아니니까. 다신 볼 수 없다는 건 똑같지만…… 그래도 다르지. 다 다르지.

종종 아빠를 보러 갈 때면 나는 괜히 아빠가 모를 만한 음식을 사 들고 갔다. 초당옥수수타르트나 무화과케이크, 그래놀라와 그릭요거트, 브레드푸딩 같은 것. 아빠는 항상 한입 떠먹고는 너 다 먹어라, 했다. 꼭 미간을 찌푸리고 에잇, 하는 것도 잊지 않았는데 그 표정을 매번 보면서도 웃음이 나서 매번 그런 걸 사 갔다. 아빠가 모르는 걸 먹여 보고 싶기도 했고. 아빠 표정을 보고 내가 웃으면 내 웃음소리를 듣고 오바하네, 오바해, 하면서 아빠도 따라 웃었는데 아빠가 웃는 게 좋았다. 그때마저 어딘지 쓸쓸하기도 했고. 아빠에게 아빠, 이런 거 모르지? 하고 뻐길 겸 사 간 디저트는 사실 나도 다 먹게 되진 않았다. 아빠보다 한두 입 더 하고 안 먹을래, 하고 내려놓으면 아깝게 또…… 기집애, 또 다 버리네……. 하면서 아빠가 싹싹 긁어 먹었다. 결국 우리가 가장 잘 먹는 건 시장 도넛이었다. 꽈배기와 찹쌀도넛, 소보로와 단팥빵. 예전에 아빠는 왜 이런 빵만 먹어? 하고 투덜거렸는데 이제

나도 이런 빵이 제일 맛있는 나이가 된 것이다.
 하지만 이번에 내 손엔 아무것도 없다. 디저트고 뭐고 사 가고 싶지가 않았다. 그럴 만한 정신도 마음도 없었다. 정신과 마음은 얼핏 하나인 것 같지만 명확히 둘이고 그 둘은 다르다. 무엇보다 선화가 떠난 뒤 내 시간은 멈췄고 그러므로 도저히 유행하는 디저트를 따라잡을 수 없었기 때문이다. 내가 빈손으로 들어서도 아빠는 내게 왜 빈손으로 왔냐 같은 말은 안 했다. 아빠가 그런 말을 할 리가 없는데. 나는 괜한 걱정 같은 걸 자주 하는 편이다. 선화를 만날 때도 그랬다.

 아빠 집에 가면 늘 짧은 인사를 나누고 거실 바닥에 좀 퍼져 있다가, 아빠가 차 키를 주섬주섬 챙기면 나도 느릿느릿 일어나 아빠를 따라 나섰다. 제일 먼저 가는 곳은 시장이었다. 뭘 좀 먹어야지? 아빠는 항상 그렇게 말했다. 아빠와 어슬렁어슬렁 시장을 걷다 보면 팔에 걸리는 검은 비닐봉지가 점점 늘어났다. 찐빵, 옥수수, 부침개, 뻥튀기, 돼지껍데기와 만두까지……. 아빠는 자꾸만 다 사라고 했다.
 사. 먹고 남겨. 너 가면 내가 먹을게.
 맨날 남긴다고 뭐라고 하면서…….
 하지만 아빠의 너그러움이 좋아서 나는 못 먹을 걸 알면서도 늘 전부 샀다. 도토리묵, 도토리묵도 사자. 내가 말만 하면 아빠는 지갑을 열었다. 시장 투어를 마치고 집에 돌아오자 우릴 봐준 것처럼 비가 쏟아졌다. 이야, 나이스 타이밍이다, 하고 아빠가 흡족해했다. 그러다가 아! 하고 소리를 질러서 나는 덩달아 놀랐다.
 왜? 뭐 잃어버렸어?
 아니. 낚시는 못 가겠다.
 아빠의 얼굴에 아쉬움이 선명했다. 그런 아빠가 어린애 같아서 웃음이 났다.
 안 가도 되지, 뭐.
 내가 그렇게 말해도 아빠는 여전히 미련이 남은 표정이었다.
 아이……, 낚시꾼 데뷔시켜 주려고 했는데.
 다음에 해, 다음에.
 나는 무심하게 대답하며 옥수수와 도토리묵을 번갈아 먹었다. 낚시 같은 거 안 해도 그만이었다. 나는 바닥을 뒹굴며 자유를 만끽했다. 한참이나 우걱우걱 쩝쩝대다가 아빠에게 물었다.
 아빠, 아빠는 어렸을 때 뭐가 되고 싶었어?
 수학 선생님.
 근데 왜 안 됐어?
 공부를 못했어.
 아……. 집안이 어려워서가 아니라?
 응. 수학만 잘했어. 다른 걸 다 못했어.
 난 수학만 못했는데.
 그러니까. 너 어쩜 그런 걸 날 안 닮냐. 나 닮았으면 수학 천재일 텐데.
 그런 거 한 대 거른대.

그래? 그럼 니 아들이 수학 천재이려나 보다.

아빠, 나 애기 안 낳을 건데…….

에잉, 아깝다.

아빠는 옥수수 알을 야무지게 떼어 먹으며 말했다. 아빠가 이런 욕심을 내려놓게 된 건 또 언제일까. 내가 모르는 새 아빠는 어떻게 변해 간 걸까. 누가 아빠 속에 든 뭔가를 주물러 놓은 걸까? 그런 게 무척 궁금했지만, 아마 아빠도 모르지 않을까, 하는 생각도 들었다. 다시 우걱우걱 쩝쩝. 아빠는 손으로 부침개를 찢어 먹었다. 우물거리며 아빠가 말했다.

……내가 영어를 못한 게 한이었거든.

그 얘기 끝난 거 아니었어?

너 그래도 영어 잘하지 않았니. 1등급 나오고.

고등학교 때 그랬지. 지금은 독해도 잘 못 해.

거 봐라, 내가 그래서 너 영어 공부하라고 했지. 그러면 지금 얼마나 유창하겠냐? 하여튼 아빠 말을 죽어도 안 듣고…….

맞아.

나는 성의 없이 끄덕였다. 그렇지만 정말로 종종 아빠 말을 듣지 않은 걸 후회했다. 영어 공부는 좀 할걸. 선화가 영어 잘했는데. 다른 나라에 친구들도 있고. 걔네랑 영어로 막 얘기하고. 같이 여행 가면 진짜 멋졌는데. 이제부터 정말 해야 하려나.

아빠, 엄마랑 왜 이혼했어?

서로 너무 안 맞으니까.

거짓말.

뭐가 거짓말이야.

아빠가 바람 피워서 이혼한 거잖아.

……아니야.

맞는데.

그거 아니야.

괜찮아.

뭐가 괜찮아, 아니래니깐.

나도 애인이 바람 피워서 헤어졌어. 차였어.

바람피운 애가 널 차?

바람났으니까 차지. 내가 바람이었을 수도 있고.

에이, 뭐 그런…… 그래?

몰라.

몰라도 돼.

맞아. 몰라도 돼. 아빠의 물렁물렁한 방식이 마음에 들었다. 그래, 뭐 몰라도 돼. 걔 마음이 그러니까 그랬겠지. 괜히 이별에도 예의가 어쩌고…… 백날 그래 봐야 뭐한담. 나보다 다른 사람을 더 만나고 싶다는데. 다른 사람을 만나고 싶은 게 아니더라도 어쨌든 나랑은 그만 만나고 싶다는 확실한 마음이 있는데. 그것만 알면 됐지 뭐…… 더 알아야 뭐 해……. 상처나 더 받지. 나는 시원한 나무 바닥에 벌러덩 누워 콧노래를 흥얼거렸다. 지나간 것은…… 지나간 대로…… 그런 의미가…… 있죠……. 그러다가 문득 그런 깨달음, 그런

유들유들한 방식은 나이 든 사람에게 더 쉬운 것 아닌가 하는 의구심이 들었다. 아빠는 엄마와 두 번이나 헤어졌고, 그게 쉬운 일이라는 건 아니지만 이미 그걸 다 지나온 나이 든 사람의 헤어짐에 대한 기억과 판단은 이미 좀 쉬워져 있는 게 아닌가 하는, 오만한 젊은이의 생각인 것이다.

하지만 어쩔 수 없이 나는 나이 든 나를 잘 떠올리지 못한다. 떠올릴 수가 없다. 해 봐야 5년 뒤, 10년 뒤인데 그마저도 선명하지가 않다. 언젠가 나도 선화와 다시 한번 헤어지게 될까. 어느 장례식장에서 말이다. 그때까지 선화의 안부가 나에게 닿을 수 있을까? 선화의 죽음까지 나에게 전해질까? 어쨌든 엄마와 아빠는 헤어졌지만 부부였던 사이여서 그런 게 가능했지만, 나는 그냥 사귀다 헤어진 것뿐인데. 선화를 거의 나의 아내라고, 우리를 부부라고 생각했지만 말이다. 음……. 그리고 다른 문제도 있다. 시간의 문제다. 아빠는 엄마와 쉰다섯 살에 헤어졌지만 선화와 나는 고작 서른세 살에 헤어졌는데. 그러니까 두 번째 헤어짐까지 기다려야 할 시간이 내게 훨씬 더 많이 남아 있다는 것이다.

시골의 초저녁은 빠르게 어두워졌다. 비가 내려서 더 그랬다. 나무들은 삽시간에 거무죽죽해졌다. 와서 먹는 것밖에 안 했네. 목구멍까지 음식이 꽉 찬 것 같은 느낌에 내가 소화제 좀 달라고 하자 아빠는 소화제를 사러 갈 겸

읍내까지 좀 걷자고 했다. 비 와도 좋아, 여기가. 아빠 말을
듣고 보니 그랬다. 저물녘이었지만 아직 푸르스름하게 빛이
남아 풍경을 둘러보기 좋았다. 산어귀였고 여기저기 지천에
나무며 풀이며 밭이어서 비 맞은 풀 냄새가 물씬 올라왔다.

　나는 우산을 챙겨 아빠를 따라 나섰다. 사람은 거의
없었으나 가끔 여, 하고 손을 들어 아빠와 인사하는
아저씨들이 있었다. 나는 머쓱하게 허리를 숙이고 기어들어
가는 목소리로 인사했다. 안녕하세요……. 그러면 아빠는
타고난 목청인지 중년의 특기인지 시골 사람의 기본인지
엄청나게 크고 전달력이 좋은 목소리로 딸이야! 하고 나를
소개했다. 소화제를 사서 나왔는데도 비는 그칠 것 같지가
않았다. 그냥…… 걸어 볼까? 하고 다시 집 쪽을 향했지만
걸을수록 비가 거세졌다. 걷다가 낮은 상가 건물에 당구장,
탁구장, 하고 쓰여 있는 걸 보고 내가 말했다.

　아빠, 탁구 칠 줄 알아?

　알긴 알지.

　탁구 치고 갈래?

　아빠는 내 제안에 놀라워하면서도 그러자고 했다. 그래서
아빠와 탁구를 쳤다. 아빠는 펜홀더 채를 골랐다. 한 손을
주머니에 넣고 쳤다. 서로 손발이 맞지 않아 주고받는
것보다는 공을 주우러 다니는 시간이 더 많은 것 같았지만
그래도 몸을 움직이니 나름대로 즐거웠다. 아빠는 탁구공
넘기듯 툭 하고 말했다.

　느이 막내 작은아빠 중학교 때 탁구 선수였다.

오? 전혀 몰랐네.

아빠도 나중에 알았어.

죽은 동생 말이구나. 나는 속으로 생각했다. 아빠와 작은아빠, 그러니까 아빠와 막내 남동생은 여덟 살 차이가 났다. 그러니까 몰랐지. 아빠가 타지에서 돈을 벌고 작은아빠는 타지에서 공부를 하다가 간간이 방학을 맞아 집으로 돌아올 때에만, 그중에서도 아빠가 집에 들르는 어느 일요일에만 얼굴을 볼 수 있었는데 한참 나중에 그때 탁구 선수였다는 걸 들었다고 했다.

아빠, 누구 만나고 싶지 않아?

안 만나고 싶어.

외롭지 않아?

뭘 외로워.

나도. 나도 안 외로워.

그렇게 말하는데 누가 날 퍽 치는 것 같았다. 내가 생각하는 저주가 꼭꼭 뭉쳐져서 내 명치에 앉은 것처럼 속이 막혔다. 그 저주 뭉치가 명치에서 목구멍을 타고 올라오면 코를 넘어 눈구멍을 통해 눈물이 되어 쏟아질 것 같아 이를 악물고 참았다. 저주 뭉치의 이름은 선화. 선화는 내 뒤통수를 치고 날랐다. 뒤통수를 쳤다기보다 가슴팍 한가운데를, 명치를 친 것에 더 가까운 것 같지만……. 으레 그렇게 말하니까. 나는 뒤통수를 맞은 거나 다름없었다. 나는 마음을 너무 쉽게 준다. 갑자기 또 선화 생각이 밀려들었다. 아주아주 공들여 쌓았다가 와르르 무너져 버린 모래성의 모래처럼,

풍랑주의보가 인 바다의 파도처럼. 선화야 보고 싶다, 결국 그런 생각이.

 선화와는 충무로의 만화방에서 만났다. 몇 번을 마주쳤고, 선화는 아는지 모르겠지만 나는 마주칠 때마다 선화를 알아봤다. 그냥, 여러 말할 필요 없이 한눈에 선화가 너무 예뻐 보였다. 몇 번을 마음먹은 끝에 보시는 만화 재밌어 보이는데 알려 줄 수 있냐…… 하는 핑계로 말을 걸었고 다행히 선화는 나를 향해 활짝 웃어 주었다. 이거 진짜 재밌어요! 어디에 있냐면요…… 하고 나를 끌고 서가까지 같이 가 주었다. 이후로도 나는 계속 선화 주변을 얼쩡거렸다. 계속 만화를 핑계로. 그게 전부 가짜는 아니었다. 나는 언제나 그렇게 이야기할 친구가 있었으면 하고 바랐다. 좋아하는 마음이 훨씬 컸지만, 친구로 남아도 그것만으로도 좋다고 생각해서 어떻게 되든 손해는 아니라는 마음이었다. 그래서 더 적극적으로 말을 붙일 수 있었다.

 근처 사세요?

 네, 저 대학교 뒤에…….

 저는 그 반대쪽 동네 살아요.

 아, 진짜요?

 놀랍다는 듯 선화의 눈이 커졌다. 그때 우리는 그런 게 놀라웠다. 어찌 보면 당연한 건데. 대학교 근처에 있는 만화방에 대학교 근처에 자취하는 대학생과 그 대학에서 두 정거장 정도 떨어진 동네에서 자취하는 직장인이 일요일 오후 3시에 당연히 씻고 화장하고 싶지 않으니까 모자를 눌러쓰고 후드를 입고 만화를 보고 밥도 먹으러 갈 수 있는 건데, 그래서 그곳에서 만나기란 별로 어렵지 않고 취향 같은 건 맞거나 다르거나 각자 좋아하는 얘기를 나누기만 하면 아, 어색하지 않고 얘기가 잘 통한다…… 그런 마음이 들 수도 있는 건데, 우린 그 모든 게 너무 놀라웠다. 어떻게 이 시간에 만화방에서 이렇게 자주 만나지? 왜 내가 오는 시간에만? 차림새도 비슷하게 모자에 후드를 쓰고? 내가 본 만화의 다음 권을 왜 하필 저 여자가 찾으며? 찾으면서 또 보려고 했던 만화는 왜 또 하필 나 역시 궁금해했던 만화인지? 그런데 사는 곳도 비슷하고? 우리는 만화방에서도 만화방을 나서서도 끊임없이 킬킬거렸다. 선화가 웃으면서 가끔 제 손으로 내 팔을 치는 게 너무 좋아서 집에 돌아가 누워서 침대를 팡팡 쳤었다.

 사귄 지 얼마 지나지 않았을 때 선화가 자기 첫사랑 얘기를 해 준 적이 있다. 우리 둘 다 벗은 채로 내 방 침대에 누워서였다. 기분 좋게 따끈하고 가슬가슬한 선화의 피부를 만지는 게 좋았다. 배며 옆구리며 그런 데를 만지며 노곤하다 좋다 생각하며 선화의 목소리를 들었다. 그건 아마도 선화가 자진해서 시작했을 리는 없고 분명 내가 해 달라고 졸랐을 것이다. 나는 항상 그런 얘기를 듣는 걸 좋아했다. 내가 모르던 시절의 이야기.

……중학교 3학년 때였나? 걔가 되게 무뚝뚝한 앤데 나한테만 자꾸 기대는 거야. 어깨에 머리를 기대질 않나, 허벅지에 눕질 않나, 팔짱을 끼질 않나. 근데 걔가 아무한테나 그러는 애가 아니거든. 다른 애들한테는 오히려 스킨십을 싫어하는 그런 조용하고 무뚝뚝한 애였단 말이야. 근데 나한테만 그러는 거야. 첨엔 그게 나를 믿나 보다 싶어서 우쭐하고 좋다가 점점……. 으유, 나도 미친년이지, 알면서. 문득문득 너무 애틋해지는 거야. 아무것도 아니었으면서 사람 맘만 흔들어 놓고. 몰라, 씨발년이야.

　선화는 얘기하다가 점점 감정이 되살아나는지 허공에 주먹질을 하다가 얼굴을 손바닥으로 쓸다가 했다. 걔만 생각하면 좀 짜증 나, 그렇게 덧붙였다.

　그래도 넌 첫사랑이 있네.

　넌 없어?

　그렇게까지는 없어. 다 그냥 그래. 쪼금 좋아하다 말고 그랬지 뭐.

　음…… 의외네.

　그렇게 말하며 다시 내 쪽으로 몸을 돌렸다. 내 머리며 팔을 쓰다듬었다. 그때 나는 느꼈다. 선화는 첫사랑이 없는 나를 좋아하는구나. 자기는 중학교 3학년 때 첫사랑한테 어제 차인 것처럼 생생하게 되돌아가면서. 내가 짐짓 질투하는 티를 내자 선화는 원래 배신감 같은 감정이 오래 남아, 라고 말했다. 그리고 극구 부인했다. 어마어마하게 좋아해서 오래 기억하는 게 아니라, 그 배반의 감정 같은 게 너무 열이 받는

거야! 선화가 아무리 아니라고 아니라고 해명해도, 그때쯤
되자 나는 선화를 귀엽게 여기고 있었다. 잔뜩 퉁명스럽게
얘기했지만 선화가 걜 진짜로 좋아했구나, 하는 것은 선명하게
느껴졌다. 나는 선화가 그래서 좋았다. 다 보이는 사람이라서.
그게 가끔은 내게 가혹하고 유아적이래도 그쪽이 좋았다.
속을 모르지 않는 사람이라서. 내가 유일하게 선화의 속을
까맣게 몰랐던 건 선화가 떠날 때였다. 선화야, 나한텐 너도
씨발년이야. 네 작별도 내겐 배신이야. 내가 할 수 있는 건
속으로 욕하는 일뿐이었다.

  폭우를 뚫고 집으로 돌아오자 피로가 밀려왔다. 아빠는
젖은 옷을 벗고 발을 씻자마자 TV를 켜고 소파에 드러누웠다.
아빠가 1층에서 야구를 보는 동안 나는 씻고 나와 다락방으로
올라갔다. 지붕을 때리는 빗소리가 가장 잘 들리는 곳에
대자로 누웠다. 선선하고, 좋았다. 거기에서 선화 생각을
좀 더 했다. 미워하다가 미워하다가 결국에는 그런 생각에
다다르게 된다. 스스로에게 말하게 되는 것이다. 사실 너도
선화 미워했잖아. 선화의 어떤 부분을 질리도록 싫어했잖아.
무심하고 빈정거리고 그랬잖아. 좋지만은 않았잖아. 그러면
그랬던 순간들이 줄줄이 떠오른다.
  나는 여자만 만나 온 선화가 내가 남자도 만났다는
이야기를 할 때 나를 좀 무시하고 깔아뭉개는 것 같다는
느낌을 받을 때가 있었다. 그럴 때 선화가 싫었다. 선화가
커밍아웃을 하지 않은 친구들에 대해 치사한 겁쟁이라고

시니컬하게 얘기할 때 그게 꼭 가족에게 여자 친구 사귄 이야기를 하지 않는 나를 겨냥하는 것 같아 짜증이 났다. 우리 엄마 아빠가 이혼한 걸 알면서 돌싱들이 나와 짝을 찾는 프로를 보면서 저런 거 보면 이혼한 사람들 왜 이혼하는지 알 것 같다고 말할 때 선화가 미워 죽을 것 같았다. 내 방에 와서 샤워를 하고 머리를 말린 뒤 긴 머리칼을 줍지 않을 때, 속옷만 입은 선화의 몸이 전보다 살찐 것처럼 보일 때, 나에게는 이제 퉁명스러우면서 내가 소개해 준 친구에게는 상냥하게 굴 때, 그럴 때의 선화가 보기 싫었다.

선화가 다른 사람이 생겼다고 말하기 2개월 전부터 우리 사이에 대화는 눈에 띄게 줄어 있었다. 선화에게도 그런 순간들이 있었겠지. 서로 마음에 들지 않는 순간이 잦아졌다. 그걸 고치라고 하기에도 뭣하고, 몇 시간씩 앉아 서로에 대한 대화를 진득하게 나누는 게 귀찮고 해서 우리는 서로 다른 친구들과, 함께 있으면 편하고 말이 통하는 친구들과 더 자주 어울렸다. 선화는 아마도 그 친구들 중에서 누군가를 좋아하게 된 게 아닐까?

이게 사랑이 맞나, 이게 사랑이어도 되나, 이렇게 치사하고 나쁜데, 하고 생각하게 된 건 이미 오래전이었다. 예를 들면 어느 날 퇴근 후 나는 지쳐 침대에 누워 휴대폰만 들여다보고 있었고, 선화는 할 일이 남아 부엌 식탁에서 노트북을 켜고 뭔가에 열심이었는데, 목이 좋지 않은지 큼큼 목을 가다듬더니 몇 번 크게 기침을 했다. 기침은 좀처럼 멎지 않았다. 시원스럽지 않았는지 거듭 기침을 했는데, 나는 그때 선화가 걱정이 되는 게 아니라 시끄럽다는 생각을 했다. 아이참, 시끄럽네. 나는 그런 나에게 놀랐지만 크게 놀라진 않았다. 그런 생각도 할 수 있지라고 생각했다. 함께 잠자리에 들 때면 선화의 헛기침 소리, 작은 뒤척임이 유난히 크게 들려 등을 돌리고 이불을 덮어쓰고 곧장 잠을 청하곤 했다. 그런 나를 어쩔 수 없다고 생각했다.

이기적이고 이기적인 마음. 사실 그때 우린 이미 헤어진 거나 다름없었지 않나. 사실 선화를 내보낸 건 나일지도 모르는데, 왜 이렇게 뒤통수를 맞은 것처럼 배신감에 휩싸이는 건지. 그래, 사실 진작 헤어진 거나 다름없는데, 그런데도 선화가 다른 여자가 좋다고 했을 때 나는 치미는 화를 참을 수가 없었다. 선화가 예고도 없이 짐을 빼서 나간 집에 들어선 그때 왜 그렇게 눈물이 터져 나왔는지.

지금 와서야 생각하는 건데, 선화가 좋아하게 된 다른 여자란 게 진짜 있었을까. 우리는 가끔 헤어지기 위해 여러 이유를 갖다 붙이곤 하잖아. 솔직하게 너의 이러이러한 면이 싫어서 헤어질래, 하고 말하면 상대방은 꼭 한 번씩 더 붙들기 마련이니까. 고칠게, 기회를 줘, 그렇게 말하면서. 그러면 안 그래도 고통스러운 이별의 시간이 질질 늘어지니까. 다른 사람에게 마음이 떠났다고 했을 때가 가장 상대방을 단념시키기가 쉽고 빠르고 확실하니까. 숨을 끊을 땐 빠르고 확실하게 끊어 주는 게 좋지……. 그러니까…… 선화는 그만큼 나와 꼭 헤어지고 싶었던 게 아닐까. 다른 사람이 있고 말고는 중요한 게 아닌 것이다. 선화가 그 말을 내게 해서라도 자기를 절대 못 붙들게, 다시 생각해 줘, 나한테 한 번만 기회를 줘, 같은 소리 따위는 하지도 못하게 만들고 싶었을지도 모른다는 것이다.

아빠와는 낚시 대신 집 뒤쪽 텃밭 너머, 아빠가 직접 만든 농막에서 삼겹살을 구워 먹기로 했다. 아빠는 우산도 안 쓰고 광에서 캠핑용 화로와 그릴과 숯을 꺼내 왔다. 텃밭에서 상추도 뜯어 왔다. 저것만 씻어 와라, 해서 나도 우산 없이 농막 밖으로 나가 부엌에 들어가 상추를 씻어 왔다. 돌아오니 어느새 화로가 짜잔. 언제 준비했는지 아이스박스에 얼음도 채워져 있었고 아빠가 종종 꺼내 마시는지 몇 캔이 빈 맥주 박스도 나와 있었다. 아빠가 불을 붙이는 동안 내게 맥주 좀 아이스박스에 넣어 놓으라고 했다. 나는 박스를 뜯어 맥주를 아이스박스에 담고, 하나는 그냥 따서 마셨다. 음, 미지근. 처마 아래로 비가 세차게 떨어지는 걸 보며 미지근한 맥주를 마셨다.

숯에 불이 만족스럽게 붙을 동안 나는 아무 말도 하지 않았다. 물어보고 싶은 말이 있는데, 이걸 왜 지금 물어보고 싶은지 물어봐도 되는지 진짜 물어보고 싶은지 속이 엉켜 계속 맥주만 찔끔찔끔 목구멍으로 넘겼다. 아빠가 드디어 그릴에 돼지고기를 얹었을 때, 나도 모르게 말이 툭 튀어나왔다.

아빠.

응.

내가 레즈비언이라고 하면 어떨 거 같아?

어유, 뒤로 넘어가지.

나는 아빠의 그 대답이 내가 상상한 것보다 수위가 훨씬 낮아서, 우스울 정도라서 웃을 뻔했다. 그러나 괜히 놀랍다는 듯, 그렇게 폭력적인 반응이 없다는 듯 무서운 척 놀라는 척을 했다. 그냥 그래야 할 것 같았다.

진짜? 그 정도야?

그럼. 우리 세대는 거의 다 그렇다고. 그리고 아빠가 보수적인 데가 있잖아.

그치.

아빠 또래도 뭐, 열린 사람들이 있다고 하지만 아빠는 그 사람들보다 좀 더 보수적인 데가 있다고.

알지.

그러니까 당연히 놀라겠지. 우리 딸이 왜? 이러면서.

으응.

근데 그건 왜.

아니, 그냥. 요즘 이런 질문 많이 한대. 내가 바퀴벌레가 되면 어떻게 할 거야? 같은 거.

그래?

응.

그래도 뭐 내 딸이지.

레즈비언은 안 되고 바퀴벌레는 된다? 너무한 거 아냐.

아니지……. 둘 다지. 놀라 뒤집어져도 딸이니까 놀라 뒤집어지는 거고. 아빠가 보수적인데, 근데 또 너한테만은 관대한 게 있잖아.

있지.

그게 참 왜 그럴까 몰라.

아빠가 모르면 누가 알아.

아무튼 너한테는 좀 더 받아 주는 그런 게 있다, 그거야……. 그래서 이해할지도 모르겠다?

그건 모르겠다.

흐흥.

아빠와 이 정도로 얘기한 거면 그래도 괜찮은 거 아닌가. 농담인 척 묻는 내내 속으로 떨었던 나 자신이 조금 우습기도 하고 별 소득 없이 끝난 이야기에 약간 시무룩해지기도 해서 나는 어색한 웃음소리를 냈다. 아빠는 고기를 최선의 상태로 굽기에 집중했다. 이거는 이제 먹어도 된다, 하고 고기를 몇 점 내 쪽으로 밀어 주기도 했다, 나도 질문하기를 멈추고 고기를 집어 먹었다. 비는 여전히 거세게 내리고 있었다. 뭐, 한 번에 된다고 기대했나…… 그리고 되는 건 또 뭔가. 스스로에게 속으로 꿀밤을 먹이고 동시에 다독거리기도 했다: 천천히…… 또 얘기하면 되지 않나. 희망이 없진 않지 않나. 동성애자라고 하면 뒤로 넘어간다니까 양성애자라고 하면 그래도 절반만 넘어갈지도……. 그런 생각을 하며 젓가락으로 덜 익은 고기를 꾹 눌렀다. 그러자 아빠가 에헤이! 그냥 가만히 놔두라고 해서 고기에서는 손을 뗐다. 아빠는 잘 익은 고기를 접시에 옮겨 내

앞으로 놓아 주었다. 나는 받아먹기만 했다.

맛있네.

그치?

뿌듯한 표정. 아빠 믿고 좋다. 레즈비언 딸에 놀라 뒤집어지는 아빠는 미운데, 고기 구워 올려 주는 아빠는 좋아. 그리고 그런 생각도 했다. 이 질문을 하고 나를 진짜로 바퀴벌레처럼 볼 아빠를 20대부터 상상했는데, 그때는 좀 더 격렬하게 아빠가 밉고 싫고 죽이고 싶었다. 그때 아빠의 대답을 들었다면 나는 고기가 구워지는 불판을 엎고 엉엉 울며 비가 쏟아지는 바깥으로 뛰쳐나갔을 것이다. 20대의 나는 그랬다. 그런데 30대인 지금은, 그냥 그렇다. 아빠의 대답이 썩 마음에 들지도 않고 선화가 후비고 간 구석을 아빠가 한 번 더 후비는 것 같아서 원망스러운데, 그 정도뿐이다. 아빠가 그렇지 뭐, 아빠한테 뭘 기대해, 하고 고기가 구워지길 기다리는 것이다. 보수적인 50대의 아빠는 나랑 너무 달라서 이해가 안 되고 뻣뻣해서 꺾고 싶고 날 이해해 주지 않아 대들고 싶고 치고받고 싶었는데, 보수적인 60대의 아빠는 혼자고 우습고 측은하고 어딘지 자꾸 처지가 나랑 비슷한 거 같아서 조용해진다. 입을 다물게 된다. 결국 다 시간인가. 시간이 나를 변하게 하고 마음을 변하게 하나. 언제나 세상은, 마음은 왜 이럴까.

고기가 구워지는 소리가 지붕과 바닥을 때리는 빗소리와 잘 어울렸다. 뭉게뭉게 낮게 번지는 연기도. 자꾸 눈물이 날 것 같아서 눈을 비볐다. 왜 눈에 자꾸 그래? 아빠가 물으면 아

연기 때문에, 하고 잠깐 연기를 피한다며 우산을 쓰고 마당을
한 바퀴 빙 돌고 다시 앉아 고기를 집어 먹었다. 그러면
아빠는 또 내 쪽으로 연기가 가지 않게 화로를 가린 바람막이
방향을 바꾸고 부채질을 하고. 그 모습에 가슴이 철렁해서
안 그래도 돼, 아빠, 하고 허겁지겁 고기를 먹어 치웠다. 괜히
물어봤다. 그런 거 괜히 물어봐서. 이것도 다 선화 때문이다.
아빠가 잘해 줄 때마다 눈물이 날까 봐 노심초사, 잘 먹은
고기가 다 체할 것 같았다.

밤이 문제다. 아빠 집에 와서도 다를 게 없었다. 나는
다락방에 요를 깔고 누워 두 손으로 휴대폰을 들어올렸다.
똑바로 반듯하게 누워 자자고 늘 결심하지만 휴대폰을 들고
있다 보면 금세 불편해서 결국 모로 누워 휴대폰에 집중하게
되었다. 선화. 밤만 되면 선화에게 전화를 걸거나 문자를
보내고 싶어져 미칠 것 같다. 먹이를 앞에 둔 개 같은 나에게
매일매일 참아, 참으라고, 기다려, 기다려, 하고 타일러야
하는 조련사 같은 내가 있다. 선화 인스타그램에라도 들어가
볼까. 허튼짓을 하지 못하게, 그러니까 손을 덜덜 떨다가
실수로 좋아요 같은 걸 누르거나 팔로우를 누르지 않게,
나는 복식호흡을 해 가며 인스타그램에 접속한다. 알고 있는
선화의 아이디를 쳐 봐도 나오지 않는다. 비공개도 아니네.
삭제했거나…… 삭제하고 다른 계정을 새로 만들었을지도

모른다. 그렇다면 선화가 팔로우한 계정들을 생각해 내기 시작한다.

아이디 몇 자리가 기억나는 선화의 지인들 계정부터 선화가 팔로우한 출판사 계정, 연희동에 있는 만화방 계정, 가고 싶다고 했던 연남동의 위스키바 계정, 을지로의 카페 계정, 그리고 그 게시물들에 좋아요를 누른 사람들의 작디작은 프로필과 아이디를 선별해 가며 읽는다. 선화 같은 느낌을 주는 어떤 계정을 찾기 위해. 그러나 번번이 실패한다. 어디에도 선화처럼 보이는 계정은 없다. 잠긴 계정도. 이게 없으면 나는 선화와 닿을 수가 없다. 3년 몇 개월간 사귀면서 알게 된 서로의 친구들이 있지만 그 친구들에게 선화 요즘 어떻게 지내?라고 물을 순 없으니까. 그건 너무 직접적이니까 최대한 혼자서 선화를 찾아보려는 건데, 쉽지가 않다.

이게 뭐 하는 짓이냐……. 자괴감이 밀려오지만 뇌는 뇌고 손은 멈출 수가 없다. 이것이라도 하지 않으면 나는 선화에게 연락하지 않고 밤을 보내는 방도를 모른다. 그러니까 나는 선화에게 절대 연락하지 않으려고 선화를 찾는 것이다. 이상하지만 그게 그렇다. 나는 어쩌면 이 시간을 참기 위해, 차마 내 손가락을 분지를 순 없으니까 저주를 읊기 시작한 것인지도 모른다.

선화 너도 울어라. 나랑 똑같이 실은 3년 몇 개월을 옆에 누워 배를 쓸어 주고 손을 눌러 마사지해 주던 내가 없다는 사실에 허전해서 밤새 휴대폰만 들여다보다가 지각해라. 맡은 프로젝트 대충해서 회사에서 혼나라. 커뮤니티에 생각

없이 쓴 글에 악플 달려서 하루 종일 언짢아라. 지하철에서 모르는 손한테 등 밀려라. 집에 돌아와서 그런 자잘한 걸 같이 욕할 내가 없다는 사실에 서러워서 울어라. 집에서 혼자 심심하다고 소주 마시다 취해서 안 친한 사람한테 전화 걸고 망신당해라. 그렇게 이 여자, 저 여자한테 전화하다가 좋아하던 여자한테 걸려서 걔한테도 차여라. 그러다가 나한테까지 전화를 하게 되면…… 받아 줄게. 봐줄게. 미안하다고 하면 알았다고 할게.

 속으로 갖은 청승을 떨다가 나는 결국 요에 눈물 자국 두 개를 낸다. 에이 씨발, 뭐 하는 거야, 미친…….

 눈물을 찔끔 짜내도 밤은 아직 길다. 1시에서 2시로 넘어갈 즈음 되자 나는 인스타그램에서 선화 계정 찾기를 포기하고 인스타그램이 아무렇게나 띄워 주는 숏츠와 릴스를 한정 없이 넘겨 보기 시작한다. 누군가는 춤을 추고 누군가는 라면을 먹고 맛집을 소개하고 커플들은 애정 행각을 자랑하고 쇼핑몰들은 예쁜 옷들을 띄운다. 화제가 되었다는 가수의 노래 몇 소절과 코미디언의 유튜브 영상 토막도 수십 개가 지나간다. 재밌는 건 몇 번 더 본다. 흐흐 웃으면서. 네이트판에 올라온 사연이 10장으로 정리된 썰 계정이 뜨면 정주행한다. 시댁과 여행 가야 하나요? 재혼한 남편이 전처를 자꾸 만나요. 결혼하고 나니 이상한 남편 어떡하나요. 소개팅 매너 문제 제가 이상한가요? 제가 시누이짓 한 건지 봐 주세요. 프러포즈 못 받고 결혼하는 거 어떻게 생각하세요? 주로 결혼을 했거나 결혼을 앞두고 생기는 숨

막히는 상황들인데, 나는 그것을 그냥 본다. 이입도 안 되고, 이입하려고 하지도 않고. 남 얘기는 다 괜찮다. 다 재밌다.

그러다가 재회 썰로 넘어가 버렸다. 온갖 재회 증언 글이 넘쳐 나는 블랙홀로 들어가 버린 것이다. 무당, 영매사, 타로 마스터라는 사람들의 계정에는 그들이 판매하는 돌, 부적, 초, 기도의 힘으로 헤어진 연인과 재회한 사람들의 증언이 빼곡했다. 이거…… 되나……? 나는 코웃음을 치면서도 그것들을 전부 읽는다. 이게 되면 다 왜 헤어진담? 툴툴거리면서도. 속는 셈 치고 한번 사 봐? 그렇게 생각하는 지경에까지 이르렀다. 그렇지만 결국 포기. 돌이나 부적을 부여잡고 밤을 지새우는 내 모습을 상상했는데 너무 꼴 보기 싫었다. 만약 그걸 했는데도 선화가 꿈쩍도 안 했을 때, 초를 켜고 기도를 올린 영매사나 무당에게 하루를 못 참고 "연락이 안 오는데…… 효과 있는 거 맞나요? 보통 언제쯤 오나요? 영원히 안 오면 환불 되나요?" 같은 카톡을 해 대는 내 모습이 떠올랐다. 그게 블랙컨슈머가 아니고 뭐야……. 진짜 싫다…….

쓸데없이 고화질의 상상으로 스스로를 학대하다가 잠이 든다. 그게 요즘 나의 밤이다.

느지막이 일어나자 어제 무슨 비가 왔었냐는 듯 날이 개어 있었다.

어이, 오늘 낚시 갈래?

아래층에서 아빠가 외치는 소리가 들렸다. 낚시 갈 생각밖에 없군……. 아빠가 뭔가를 기대하고 있다는 게 좋기도 하고 슬프기도 했다. 왜 자꾸 슬퍼지는 건지. 나는 그래! 하고 외쳤다. 나도 엄청나게 기대된다는 듯이. 낚시는 하나도 기대되지 않지만. 물고기를 낚아야 재밌는 건데 물고기를 낚는 게 왜 재밌는지 나는 아직 알지 못하니까. 아빠는 부지런히 돌아다녔다. 왜 한시도 가만히 못 있어? 그렇게 묻는 내게 아빠는 말했었다. 원래 시골 살면 부지런해야 돼. 맨 천지가 할 일이야. 서울에서 보던 아빠는 늘 누워 있었는데. 신문이나 팔로 얼굴을 가리고, 휴대폰에 이어폰을 꽂고 무슨 정치 영상을 열심히 보다가 결국 코를 고는 모습이 떠오르는데. 두 모습 중에 뭐가 더 좋냐고 하면…… 사실 별로 상관은 없다. 그렇지만 언제나 아빠가 사는 걸 좀 좋아했으면 좋겠다고 생각했던 기억이 났다. 서울에서의 아빠는 사는 게 싫어 보였다. 지금은…… 그때에 비해선 좋아 보인다. 아빠 눈엔 내가 어떻게 보일까?

어딜 둘러봐도 사람이 없는 동네에서 아빠 차를 타고 나와 고속도로를 쌩쌩 달려서 간 낚시터는, 엄청났다. 낚시터든 사냥터든 그냥 그저 그런 마음으로 따라나선 건데. 막상 도착하자 호들갑을 멈출 수 없었다. 저수지며 주위를 둘러싼 산세며, 내가 잘 볼 일이 없는 풍경이었다. 내가 입을 쩍 벌리고 어머어머…… 연신 놀라워하면 아빠는 은근히 좋아했다. 오바한다 오바해, 뭘 이걸 보고 놀라냐, 촌스럽다

촌스러워. 그렇게 나를 놀리면서 뿌듯해했다. 내가 아빠가 모르는 디저트를 사 갔을 때의 마음인가. 아빠가 어우 달아 하면서도 내가 사 온 걸 싹 먹어 치울 때의 느낌? 비슷할지도 모르겠다. 아빠가 으쓱해하는 게 좋아서 호들갑을 떤 것도 있지만, 낚시터는 정말 좋았다. 그런 곳에 앉아 물 보고 산 보고. 어떻게 안 좋을 수가 있겠어.

여긴 작은 편이야.

여기가 작다고?

놀라는 나를 뒤로하고 아빠는 익숙하게 터 값을 치르고 장비를 받아 자리를 잡았다. 나는 뻘쭘하게 아빠 옆에 자리를 잡고 앉았다. 떡밥을 끼우고 낚싯대를 던져 드리우는 법을 아빠가 줄줄 설명해 줬지만 자꾸 귓등으로 튕겨 나갔다. 모르는 소리를 자꾸 하니까 왠지 심통이 났고 자꾸 어린애처럼 굴게 되있다. 아빠가 다 해 줘. 아빠는 다 큰 딸내미 구시렁 할 줄 아는 것도 없고 구시렁 하면서도 내 몫의 낚싯대를 내 자리에 걸어 주었다. 할 줄 아는 것도 없고 드문드문 앉은 낚시꾼들에게 혼날까 봐 큰 소리를 낼 수도 없고, 심심해서 자꾸만 아빠한테 말을 걸게 되었다.

아빠, 언제 처음 낚시 와 봤어?

……쩌번에, 친구들하고.

아빠 친구 없잖아.

……조용히 해. 왜 없어.

내가 놀려도 아빠는 하나도 관심이 없었다. 집중하느라 번번이 내 말에 대답이 늦었다. 나는 하는 수 없이 의자에 몸을 기대고 하늘을 봤다. 서울보다 더 높고 더 멀게 보이는 하늘. 오늘 날 참 좋네. 파랗고 맑네. 어젯밤에 언제 그렇게 질질 짰냐는 듯이 마음이 시원하게 펴지는 느낌이었다.

  그런데 언제까지고 기다리는 일은, 내가 좋아하는 일은 아닌 듯했다. 나는 5분에 한 번씩 휴대폰을 들어 시간을 보았다. 내가 산만하게 부스럭거리는 동안에도 아빠는 가만히 있었다. 서울 집에서 보던 아빠 모습 같네. 나는 생각했다. 아빠 가만히 있는 거 참 잘했지. 나란히 놓은 낚싯대에는 미동도 없었다. 가끔 바람이 불어 수면 위를 훑고 지나갈 때 말고는.

  여기선 뭐가 잡혀?

  뭐 붕어나, 잉어나.

  잡은 적 있어?

  있지.

  못 잡은 적이 더 많지?

  ……그렇지.

  그럼 재미없지 않아?

  그냥 이렇게 있는 거지, 누워서, 산 보고.

  그렇게 말하면서 아빠는 두 손으로 깍지를 껴 머리 뒤를 받쳤다. 진짜 좋아 보이네. 시간이 지나 우리가 앉은 자리 앞쪽으로 해가 쨍하니 떨어져 눈이 부시는데도 아빠는 괜찮은 것 같았다. 나도 어른이니까…… 애들처럼 응석 부리지 말고 낚시의 여유를 즐겨 봐야지…… 싶었지만 점점 더워지는 자리에서는 참을 수 없었다. 이마와 정수리가 뜨끈뜨끈했다.

결국 나는 자리에서 일어섰다.

아빠, 나 잠깐 산책하고 올게.

멀리 가지 마.

주변 산 좀만 구경하고 올게!

그래.

아빠는 나를 쳐다도 보지 않았다. 아예 눈까지 감고 있는 것 같았다.

나는 천천히 낚시터를 둘러싼 산들의 입구까지 걸었다. 산속에서 밀려나는 바람인지, 입구로 서늘한 바람이 불어왔다. 응달에 오니 살겠네……. 조금 더 걸어 들어가 나무 사이로 비친 하늘을 보니 날이 아주 갠 것은 아닌지 파란 하늘과 조금 어두운 회색빛 하늘이 섞여 있었다. 그래서 이쪽은 시원한가? 길이 하나라서 마음 놓고 산속으로 들어갔다. 여차하면 다시 돌아 내려오면 되니까. 문득 선화와는 등산 같은 건 한 번도 안 해 봤네, 그런 생각이 들었다. 할 수 있을 줄 알았지. 내가 PT 받고 깝죽거리고 그렇게 운동을 좀 해서 체력이 더 좋아졌을 때. 선화 생각이 나자 더 속도를 내어 오르막을 올랐다. 조금씩 경사가 높아지는데도, 그래서 헉헉거리면서도. 빨리 걸으면 생각이 나를 따라오지 못하기라도 한다는 듯이. 스스로도 이해 못 할 짓을 하고 있노라면 내 속에서 가장 시니컬한 목소리가 말을 건다. 이런 건 자학이냐 청승이냐?

무릎에 무리가 갈 정도로 발을 쿵쿵 디디며 올라갔을 때, 갑자기 나무가 걷히고 길 양옆으로 양지바른 곳이 나타났다.

뭔가를 하려고 나무를 벤 것인지 그곳에만 빽빽하던 나무가 없었다. 나무가 걷혀서 하늘도 시원하게 올려다보였다. 여전히 하늘의 절반은 뿌옇고 어둑어둑 흐린 회색 구름으로 가득했고 다른 편 절반은 말끔하고 뽀송한 흰 구름이 떠 있었다. 나는 그곳에 멈춰 서서 숨을 몰아쉬었다. 그새 흐른 땀이 식어 싸늘했는데 내리쬐는 햇볕이 기분 좋게 살갗을 데워 주었다. 무덤 자리인가? 그럴 법한 것이 제법 상서로워 보이는 곳이었다. 종아리 높이까지 마구 자란 풀들과 낮은 잔디가 어우러져 있었고 볕이 고르게 잘 들었다. 작은 정원 같기도 했다. 햇빛에 흙먼지며 꽃가루며 알 수 없는 뭔가가 풀풀 빛나는 존재들로 날리는 것이 보였다.

  그리고 잔디와 풀이 제멋대로 평화롭게 자라는 평평한 터가 끝나는 위치에 커다란 바위가 하나 있었다. 나는 잔디를 밟고 풀을 헤치고 바위에 가까이 다가갔다. 무심코 바위에 손을 올리자 가슴이 두근, 할 정도로 따뜻했다. 인간보다 높은 온도. 나는 주저 없이 지친 몸을 바위에 기대었다. 처음엔 등을 대고 기댔다가 아무래도 불편해서 하늘에 등을 보이고 바위를 안는 모습으로 바위에 널브러졌다.

  적당히 달궈진 바위의 따끈한 온도가 맨살에 닿았다. 아주 어린아이일 때도 나는 이런 식으로 바위를 안은 적이 있다. 그러고 있는 모습이 찍힌 사진을 가족 앨범에서 본 적이 있다고 말해야 정확하겠지만. 유치원 가을 산 소풍날이었고 아주 작은 내가 바위에 온몸을 딱 붙이고 있는 그 사진은 아빠가 찍은 것이었다.

김화진

그때보다 무럭무럭 자라난 나는 제법 팔이 긴 어른이고 바위를 안아 줄 수 있을 정도의 사람이 되었지. 그래 봐야 위로를 받는 건 나지만. 바위는 꿈쩍도 않지만. 바위를 안은 채로 나는 중얼거렸다. 아빠, 나 헤어졌어. 선화랑. 선화는 내, 여자 친구였어. 아주 작지만, 누구도 듣는 사람이 없었지만 그 말을 소리 내어 중얼거리자 눈물이 날 것 같았다. 그러자 마음속 다른 목소리가 나를 비웃었다. 이건 확실히 청승이지. 나는 고개를 들어 바위에 붙였던 뺨을 떼고 반대쪽 뺨을 바위에 갖다 대며 내 안의 시니컬한 목소리에게 말한다. 닥쳐. 억지로 냉소하지 마. 나는 지금…… 무척 따뜻하고 슬프니까.

바위 위로 엎어져 있는 내 위로 바람이 불어 머리카락이 흐트러졌다. 이제 일어나야지. 아빠가 기다리겠지. 붕어 정도는 잡았으려나. 하나도 못 잡았으면 놀려야지. 저녁에 회 먹고 싶다고 그래야지. 그렇게 생각하며 따끈해진 팔로 영차, 바위를 밀어 몸을 일으켰을 때, 결심을 했다. 저주하지 말자. 자꾸 나만 울잖아.

작가 노트

2월에는 작업실 동료들과 관심사 발표회를 했다. 나는 뭔가를 혼자서 마음에 품고 있을 땐 내가 그것에 관심 있는 줄 모르고 지내다가 누군가에게 그것에 대해 말하는 순간 아, 그것에 관심이 있구나, 하고 깨닫는 편이다. 그래서 그 시간이 무척 고맙고 소중했고…… 남들에게 털어놓지 못할 때에는 소설이 그 역할을 해 준다. 소설에 쓰고 나서야 나 그것을 오래 생각했군, 하고 한 박자 뒤에 깨닫게 된다. 관심사 발표회에서 두 명 정도 발표했을 때 창밖으로 눈이 내렸다. 모두 옥상으로 올라가 눈사람이 되기 전까지 눈 구경을 했다. 언젠가 그 장면도 소설에 쓰게 될까, 생각했다.

피루엣

서장원

추석 연휴가 지난 평일 저녁이라고 기억한다. 규오에게서 발레 이야기를 듣게 된 것은. 그때 우리는 텔레비전 앞에서 토마토스파게티를 먹고 있었다. 내가 프라이팬에 남은 면과 소스를 앞접시로 옮겨 담는 동안 리모컨을 들고 이리저리 채널을 돌리던 규오가 검은 타이츠를 입은 남자들에게 시선을 고정했다. 나는 그 풍경이 얼마 전 시작된 발레 서바이벌 프로그램의 한 장면이라는 것 알아보았다. 몇 초 뒤엔 화면이 전환되어 심사 위원들이 참가자들의 발레 경력과 오디션 영상, 그리고 체형에 대해 평가하기 시작했다.

"너무하다. 피지컬 때문에 탈락 위기라니."

나는 그렇게 말하며 스파게티를 우물거리는 규오를 바라봤다. 규오가 내 말에 대한 자기 생각을 말해 주길 기다렸던 것 같다. 우리를 둘러싼 거의 모든 것에 대해 의견을 주고받는 일, 그렇게 해서 뜻밖의 인식을 발견하거나 발견하게끔 돕는 일, 그건 규오와 함께 살며 새롭게 알게 된 즐거움이었다. 그러나 그 저녁에 규오는 왠지 시큰둥해 보였다.

"예체능이 다 그렇지 않아? 피아니스트들도 타건을 잘하려면 손이 커야 하잖아."

규오는 그렇게 말하고는 포크를 돌려 스파게티 면을 크게 말았다. 나는 피아니스트에게 큰 손이 유리한 것과 발레 무용수에게 곧고 긴 다리가 요구되는 것은 다르다고 생각했지만 규오의 반응에 왠지 기분이 나빠져 입을 다물었다. 그리고 규오와 함께 보낸 지난여름의 저녁들을 떠올렸다. 여름 동안 우리는 자주 수다스러워졌는데, 이야기 주제의 8할은 파리 올림픽이었다. 그날처럼 저녁을 차려 놓고 나란히 앉아 텔레비전을 틀기만 하면 올림픽 경기 중계나 하이라이트 영상이 나오고 있었기 때문이다. 우리는 그럴 때마다 올림픽 경기를 시청하는 대신 올림픽이 불러오는 각종 문제들에 대해 이야기했다. 올림픽 경기장을 짓는 데 발생하는 공해와 젠트리피케이션, 각국 선수단과 관람객들의 항공기 이용으로 인한 탄소 배출, 체계적인 훈련을 받은 선수와 그렇지 못한 선수가 겨루는 데서 비롯되는 근본적인 불공정함······. 말을 하면 할수록 올림픽의 폐해는 끝이 없었다. 언젠가 규오는 이런 말을 한 적도 있었다.

"몸의 기능을 극대화해서 보여 주는 게 스포츠고 올림픽이라면, 그 자체로 좀 해로운 거 아닐까?"

장대 하나로 수십 미터를 날아오르고 수백 킬로그램의 바벨을 들어 올리는 몸들, 눈 깜짝할 사이에 수십 미터를 달리고 헤엄치는 경이로운 신체들을 찬양하고 등수를 나누는 일은 근본적으로 비윤리적이지 않느냐고 규오는 물었다. 나는 거기까지 생각해 본 적이 없었기에 규오의 말에 선뜻 동의하지 못했지만 고민해 볼 만한 주제라고 생각했다. 아름다운 몸에 감탄하며 점수 매기는 미인 대회 같은 게 윤리적이지 않다면 올림픽 역시 그럴지도 몰랐다. 그렇다면 발레는? 나는 발레에 대해 잘 몰랐지만 클래식 발레에서 이상적으로 여겨지는 몸이 있다는 것 정도는 알고 있었다. 발등이 높거나 골반이 넓은 것 같은 신체적 특징이 곧 발레 무용수의 장점이나 단점이 된다는 것도. 화면 속 심사 위원들도 그 비슷한 기준으로 참가자들을 평가하는 중이었다. 그리고 규오는 제법 집중한 표정으로 화면을 바라보고 있었다. 애가 발레를 좋아했나, 궁금해질 즘 접시를 비운 규오가 여전히 텔레비전에 눈길을 둔 채 중얼거렸다.

"사실 나 초등학생 때 발레를 배웠어. 오래는 아니고, 반년 정도?"

"네가 발레를 배웠다고? 어떻게?"

규오는 여성으로 패싱되었던 과거에 대해 대체로 끔찍했다는 것 이외에 말해 준 바가 없었다. 그런데 치마를 입어야 하는 발레를 배웠다는 것이며 그걸 아무렇지 않게 말한다는 게 좀 놀라웠다.

"어쩌다 보니까."

규오는 더 설명하지 않고 반상에 놓여 있던 빈 식기와 프라이팬을 싱크대로 가져갔고, 상판을 행주로 닦은 다음 상다리를 하나씩 접어 치웠다. 규오가 발레를 배운 이야기를 들려준 건 몇 시간 뒤, 우리가 고요한 어둠 속에 누워 있을 때였다. 규오는 초등학교 3학년 여름방학에 어머니 손에 이끌려 발레 학원을 찾았다고 했다.

"그때 내가 자세가 많이 안 좋았거든. 언제나 등을 동그랗게 말고 다녔어. 엄마 생각엔 발레를 배우면 등이 좀 펴질 것 같았나 봐. 내가 남자애처럼 하고 다니니까, 발레 학원 여자애들이랑 어울리면 좋겠다고 생각했을지도 모르고."

"겸사겸사구나."

"그런 셈이지."

나는 어둠 속에서 규오를 바라봤다. 규오는 말하지 않았지만 그즈음 이차성징이 시작됐고, 규오는 그게 싫었겠구나, 짐작이 갔다. 규오는 트랜지션 이전의 자기 몸에 대해 말하고 싶어 하지 않았다. 여성의 신체와 관련된 단어, 이를테면 월경이나 배란통 같은 단어들을 듣거나 말할 때도 얼굴에 잠깐씩 당혹감이 스치곤 했다.

"처음엔 너무 싫었어. 발레는 여자애들이나 하는 거라고 생각했지. 근데 거기 선생님이 나한텐 튀튀 치마 대신 반바지에 타이츠를 입으라고 했어. 그건 원래 발레리노들이 입는 거라면서."

"좋은 분이셨구나."

"응, 귀인이셨지. 나한테 왕자 역할까지 하게 해 주셨거든."

"왕자?"

"응, 왕자. 크리스마스 때 「호두까기 인형」을 가지고 학부모 발표회를 하기로 했어. 제대로 공연을 준비한 건 아니고, 그냥 의상만 잘 차려입고 그때까지 배운 동작을 보여 주는 정도였지만. 발표회 날엔 다들 공주처럼 꾸밀 예정이었어. 어깨에 큐빅 붙이고 선생님이 눈화장도 좀 해 주고 그래서 다들 신나 했어. 그리고 나는 흰 타이츠에 왕자 옷을 입을 거였고. 선생님이 나한테 빌려준 옷이 있었어. 근데 나중에 엄마가 알고 왜 여자애한테 남자 옷을 입히냐고 따지는 바람에 발표까지는 못 했어."

"아쉬웠겠다."

"아쉬웠지."

나는 어둠 속에서 손을 뻗어 규오의 뺨을 쓰다듬었다.

"혹시 그때 사진이나 영상은 없지?"

"사진이 한 장 있기는 한데……."

"왕자 옷을 입고 찍은 사진이 있다고?"

"응."

"그럼 나도 보여 줘."

"지금은 없어."

"버리진 않았을 거 아냐. 어머님 댁에 있나?"

나는 혹여라도 규오의 어머니가 그 사진을 버렸을까 봐 조바심을 내며 물었다.

"노아 형한테 줬었는데, 어쨌나 모르겠어."

나는 어둠 속에서 눈을 크게 떴다. 노아라면 몇 달 전에 뉴질랜드로 떠난 사람이었다.

"네 사진이 왜 그 사람한테 있어?"

"그게…… 노아 형한테 도안을 만들어 달라고 했었거든. 그걸로 타투를 하고 싶어서."

나는 곧 상황을 이해했다. 규오는 어린 시절의 좋은 기억을 타투로 간직하려 했지만 정작 그 의뢰를 받은 노아는 도안을 만들어 주지도 않은 채 뉴질랜드로 떠나 버린 것이었다.

"출국 준비하느라 정신없었겠지."

잠시 뒤 규오는 그렇게 중얼거리고는 이제 그만 자자며 모로 누운 내 어깨를 토닥였다. 그러나 나는 규오가 오랫동안 잠들지 못하는 것을, 어둠 속에서 자세를 바꿔 가며 무언가를 생각한다는 것을 알았다.

   노아. 김노아 혹은 노아 킴. 나는 그 사람을 만난 적이 있다. 노아가 뉴질랜드로 떠나기 전에 열렸던 그의 환송회에서였다. 그날에 대해서라면 길바닥의 하수구 덮개마저 반짝거리게 하던 맹렬한 햇빛이 가장 먼저 생각난다. 6월이었고 때 이른 폭염경보가 울렸던 날이었다. 환송회는 저녁에 열렸지만 규오는 조금 일찍 나가서 와인을 사고 싶다고 말했다. 빈손으로 가긴 뭐하니까, 그리고 아주 떠날 사람에게는 먹어 없앨 수 있는 선물이 좋을 테니까. 우리는 폭염 속을 걸어서 와인 가게를 찾았다. 몇 달 전에 우리의 1주년 기념일을 위한 와인을 샀던 가게였다. 그때도 돈을 제법 썼다고 기억하는데, 그날 규오는 기념일에 마셨던 것보다도 조금 더 비싼 화이트와인을 골랐다. 그때부터 좀 짜증이 났다. 나는 규오가 노아에게 타투 수업료로 200만 원이 넘는 돈을 냈다는 걸 알았고, 수업 과정이 순 엉터리였다는 것도 드문드문 들은 이야기를 통해 파악한 터라 노아에게라면 한 푼도 쓰고 싶지 않았다. 다만 나는 규오가 노아를 좋아한다는 것, 규오가 트랜스젠더 커뮤니티 밖에서 만난 남자들 중에서 규오의 커밍아웃을 예사롭게 여긴 사람이 노아뿐이라는 것을 알았고, 이 사실이 규오에게 무척 중요하다는 것 또한 잘 알고 있었으므로 규오가 환송회에 함께 가 줄 수 있느냐고 물었을 때 차마 싫다고 대답할 수가 없었다. 와인 가게에서도 마찬가지였다.

환송회는 서울 연남동에 있는 어느 칵테일 바에서 열린다고 규오는 말했다. 가게는 노아의 타투 숍과 같은 건물 지하 1층에 있었는데, 노아의 가까운 친구들이 환송회를 위해 하루 동안 대관했다는 것이었다. 규오와 나는 마포구를 크게 도는 버스를 탔고, 버스에서 내려서는 거리를 걸었다. 주택 건물 사이로 인테리어에 신경 쓴 카페와 식당 들을 어렵지 않게 찾을 수 있는 곳이었다. 우리는 더위에 헉헉대면서도 몇몇 가게를 눈여겨봤고 이상기후 현상인 것도 모른 채 활짝 핀 능소화를 보고 감탄하기도 했다. 칵테일 바가 있는 골목에 다다르자 골목 끝에 서서 담배를 피우고 있는 남자들이 보였는데, 그중 가장 키가 큰 사람이 바로 노아였다. 노아는 나와 규오를 발견하고 손을 흔들었다. 그는 호리호리한 체격이었고 미소를 띤 얼굴에선 소년 같은 느낌을 풍겼다. 타투이스트답게 양팔에 알록달록한 문신을 수놓고 있었다. 노아는 함께 담배를 피우던 남자들에게 규오를 소개했다. 자신의 타투 강의를 끝까지 수강한 유일한 수강생이라고 말하자 남자들이 가볍게 감탄했다. 잠시 뒤 노아는 내게도 손을 내밀어 악수를 청했다.

"얘기 많이 들었는데, 뵙자마자 떠나네요."

노아는 정말 아쉽다는 듯이 그렇게 말하고는, 자신은 규오가 무척 섬세하고 다정한 사람인 걸 잘 알고 있다면서, 내가 왜 규오를 좋아하는지도 알 것 같다고 규오를 칭찬했다.

"얼른 가 보세요. 지하는 냉방이 시원해요."

지하로 내려가자 노아의 말처럼 에어컨을 세게 틀어

둔 널찍한 공간이 나왔다. 천장에 매달린 구형 조명이 은은한 빛을 뿜고, 박찬욱 영화에서나 봤을 법한 독특한 패턴의 벽지로 인테리어를 한 곳이었다. 실내는 곧 붐비기 시작했다. 나중에는 테이블이 모자라서 한 커플이 우리 테이블에 합석을 청했고 우리는 그들과 잠시 이야기를 나눴다. 사람들의 말소리며 음악 소리 때문에 거의 소리를 질렀다고 해야겠지만. 남자는 나와 규오에게 노아와 어떻게 아느냐고 질문했고, 규오는 처음엔 사제지간이었다고 답했다. 노아에게서 타투를 배웠다고.

"그럼 타투이스트세요? 그렇게 안 보이는데." 남자는 그렇게 말하고는 규오가 대답할 새도 없이 반팔 티셔츠를 걷어 올려 어깨에 새겨진 범선 모양 타투를 보여 줬다. "저는 그냥 고객이었어요. 이것도 노아 형 작품이에요."

잠시 뒤 두 사람은 자리에서 일어나, 외국 드라마에서처럼 잔을 들고 돌아다녔다. 둘뿐만 아니라 다들 그랬다. 특히 노아는 분주하게 사람들 사이를 오가며 잔을 맞부딪쳤다. 우리 테이블에도 잠깐 머물렀는데, 역시나 너무 시끄러워서 대화를 나누기는 어려웠다. 나는 노아가 뉴질랜드에서도 타투 숍을 열 것이며 같이 뉴질랜드로 떠날 여자 친구와 함께 운영할 계획이라는 것 정도만 소음 속에서 겨우 알아들었다. 이후 노아는 몇몇 사람들 틈에 앉아 맥주를 마시며 취해 갔고, 우리 테이블로 다시 오지는 않았다. 분위기가 무르익자 누군가가 쇠숟가락으로 유리잔을 두드려 주의를 집중시켰다. 유리잔을 두드린 남자는 자신이 노아의 오랜 친구라고 밝히고는, 노아가 정말이지 재미나고 의리 있는 친구라고, 어디에서든 반드시 행복해져야 하는 사람이라고 소리쳤다. 이후로도 노아의 친구들 서너 명이 돌아가며 발언권을 얻고는 거의 똑같은 말을 반복했다. 나중에는 노아가 기타를 들고나와 가게 앞쪽의 바 테이블에 엉덩이를 붙이고 앉았다. 노래를 부르려는 모양이었다. 세상에, 나는 경악스럽다는 눈빛으로 규오를 바라봤고, 규오는 내게 잠깐 웃어 보였다. 이곳으로 오는 동안에 이미 한번 봤던 표정이었다. 버스가 좌회전하다 한차례 크게 덜컹였을 때, 규오가 들고 있던 와인병이 흔들거리다 의자나 기둥 같은 데 둔탁한 소리를 내며 부딪혔다. 잠시 뒤 규오는 와인이 든 기다란 종이 가방을 확인하고는 옆에 선 내게 미소를 보냈다. 깨지지 않았어, 괜찮아, 말해 주듯이.

"나 잠깐 나갔다 올게."

나는 그렇게 외치고는 노아가 연주를 시작하기 전에 얼른 테이블 사이를 빠져나갔다.

해가 완전히 저물고도 두어 시간은 지났을 텐데, 공기는 여전히 뜨거웠다. 나는 담배를 물고 불을 붙인 다음 필터를 천천히 빨았다. 내가 길게 한 모금을 내뱉었을 때, 팔에 나뭇잎 문신을 한 여자가 다가와 담배를 한 대 얻을 수 있느냐고 물었다. 나는 곧 소란스러운 풍경 속에서 여자를 몇 번 봤다는 걸 알아챘다.

"노래까지는 차마 못 듣겠죠?"

내가 담뱃갑에서 담배를 한 대 꺼낼 때 여자가 말했다.

"네, 기타 보고 도망 나왔어요."

"그래도 김광석이나 잔나비 정도였으면 들어 줬을 텐데, 오아시스 형님들의 재결합을 축하하는 의미에서 〈Wonder Wall〉을 부른댔어서 안 되겠다 생각했죠."

"세상에."

나는 담배를 물고 불을 붙이는 여자를 보며 그런데 노아와 어떻게 아느냐고 물었다.

"여자 친구예요. 노아 오빠 여자 친구."

"아⋯⋯. 아까 노아 씨한테 애인분 이야기는 들었는데, 어떤 분인지는 몰랐어요."

나는 그렇게 말하면서 여자가 지금 기분이 좋지 않다고, 누군가에게 자기 얘기를 하고 싶은 것 같다고 막연하게 생각했다. 여자는 미간을 찡그리며 담배에 불을 붙였는데, 내게는 그 모습이 조금 어설퍼 보였다. 나는 물끄러미 여자를 보다가 출국 준비는 잘 되어 가느냐고 불쑥 질문했다. 여자는 습하고 뜨거운 대기 속으로 담배 연기를 흘려보낸 뒤 천천히 고개를 저었다.

"전 안 가요."

"네?"

"저는 안 가요, 뉴질랜드."

나는 천천히 고개를 끄덕였다. 여자의 작은 얼굴이 담배 연기 속에 가려졌다가 다시 드러났다. 나는 여자에게 무언가 좋은 말을 해 주고 싶다고 생각했다.

"잘 선택한 거예요. 저는 노아 씨를 잘 모르지만, 그렇게 생각해요."

 여자는 별과 달과 알아볼 수 없는 레터링 타투를 한 손가락 사이에 담배를 끼운 채 웃었다.

 "담배 고마워요."
 "별말씀을."

 집으로 돌아오는 택시에서 나는 규오에게 여자의 이름이 수빈인 것과 노아와 1년 반쯤 만났다는 것, 노아가 뉴질랜드에서 자리를 잡는 대로 수빈을 부르려 한다는 이야기를 전해 들었다.

 "그럼 같이 가는 건 아니네?"
 "그렇지."
 "자리 잡는 데 시간이 얼마나 걸리는데?"
 "그건 나도 잘 모르겠어. 형 부모님이 뉴질랜드 사시니까 그렇게 오래 걸리진 않을 것 같은데."
 "한마디로 기약이 없다는 거구나."
 규오는 고개를 끄덕였다.
 "여자들은 왜 노아 씨 같은 남자를 좋아하지? 난 모르겠어."
 "멋있으니까? 잘생기고 키도 크고. 영어도 잘하고."
 규오는 오늘이 지나면 내일이 온다는 것 같은 심상한 말투로 대꾸했다.
 "나는 별론데."
 "왜?"

"그냥. 키가 큰 것도 난 싫고."

"하긴 그것도 그렇네."

나는 전에도 규오에게 건장한 남자들이 불편하다거나 키가 작은 남자가 좋다는 얘기를 한 적이 있었다. 처음에 그 얘기를 꺼냈을 때 규오는 내 말을 믿지 못했다. 내가 왜소한 체격을 가진 그를 북돋워 주려 한다고만 여겼다. 하지만 나는 정말로 키가 큰 남자를 좋아하지 않았다. 어느 주말, 규오와 나란히 서서 이제는 이름도 기억나지 않는 화가의 거대한 그림을 바라보고 있던 순간에 나는 그 사실을 문득 깨달았다. 내 여자 친구들이 대부분 선호하는 상황, 그러니까 자기보다 두 배쯤 더 커다란 남자 옆에 서서 자기가 상대적으로 작고 연약해진 기분을 만끽하는 일이 나는 즐겁지 않았다. 이전의 연애에서 여러 번 겪어 본 그 구도에는, 다시 보니 근본적인 불평등함이 있는 것 같았다. 나의 옛 남자 친구들은 언제나 자신들에게 나를 완전히 제압할 힘이 있다는 걸 인식하고 있었고, 그 사실을 드러낼 수 있는 순간이 오면 망설임 없이 그렇게 했다. 자신들이 나보다 훨씬 더 크고 강한데도 나를 사랑하기 때문에, 혹은 자기가 좋은 남자이기 때문에 나에게 그 힘을 휘두르지 않는 거라고 생각하는 듯했다. 그들은 종종 이렇게 말하고 싶은 것 같았다.

"나는 너를 봐주고 있어. 하지만 내가 정말 화가 나면 봐주지 않을 수도 있어. 모든 건 나의 선택이야."

그 전시회에 다녀오고 얼마 지나지 않아, 딱 한 번, 이 이야기를 여자 친구들과 나눈 적이 있다. 친구들은 내

이야기에 동의하지 않았다. 자신들은 나와 같은 위협을 느껴 본 적이 없다고, 남자들이 자기 힘을 과시하는 일이야 흔하지만, 그걸 데이트 폭력과 연결시키는 것은 비약이라고 지적했다. 나 역시 동의하는 바였다. 이야기 끝에 친구 하나가 나에게 그럼 새로운 남자 친구는 키가 나보다 작은지 물었다.

"나보다는 커."

나는 대답했다. 그러면서 스스로도 궁금해졌다. 규오 역시 나보다는 크고 강한 몸을 가졌지만 나는 규오에게는 그런 불편한 감정을 느낀 적이 없었다. 규오가 누군가를 힘으로 굴복시켜 자기 요구를 관철하는 모습은 상상할 수도 없었다. 그건 내가 규오의 몸이 가진 내력을 알고 있기 때문일까, 아니면 규오가 정말 내 옛 남자 친구들과 다른, 좋은 남자이기 때문일까.

규오가 발레를 배웠다는 걸 알게 되고 나서 며칠 뒤, 나는 버스 정류장으로 규오를 마중 갔다. 규오는 타투이스트가 되겠다는 생각을 접은 뒤 파주 출판도시에 있는 작은 출판사에서 디자이너로 일하기 시작했고, 보통은 출판도시와 서울 합정동을 오가는 통근 버스로 출퇴근을 했다. 그날 규오는 저녁 7시가 조금 넘어서, 늘 그렇듯 거의 마지막 순서로 버스에서 내렸다. 우리는 어둑한 거리를 나란히 걸었다. 걷는 동안 나는 인스타그램을 뒤지며 알아낸 사실들을 규오에게 전했다. 노아는 뉴질랜드로 떠났지만 그의 타투 숍은 계속 운영되고 있으며, 인스타그램 피드로 보아

가게를 운영하는 사람은 수빈 같다는 것.

"그래서 말인데, 가게에 한번 가 보면 어떨까? 아직 사진이 남아 있을지도 모르잖아. 나는 그 사진 꼭 보고 싶어."

규오는 좋은 생각이라고 말하면서도 자기 생각에는 수빈이 자기 사진을 가지고 있지 않을 것 같다고 말했다. 전 남자 친구의 물건이라면 다 버리지 않았겠느냐고.

"그런데 두 사람은 헤어진 것이 맞나?"

규오는 이야기 끝에 그렇게 질문하고는 고개를 갸웃거렸다.

"헤어진 거지. 노아 씨 떠난 지 벌써 세 달이 다 되어 가는데."

나는 환송회 날 보았던 수빈을 떠올리며 그렇게 말했다. 규오는 내 말이 맞을 거라고 대답하고는 한동안 말없이 걷다가, 우리가 큰길을 벗어나 조용한 골목으로 들어섰을 때 내게 말했다.

"그런데 수빈 씨는 노아 형을 정말 좋아했어."

나는 그래 보이더라고, 보통 노아 같은 남자는 언제나 인기가 많더라고 중얼거렸다. 그러니까, 키가 크고 잘생긴 데다 친구가 많고, 어디를 가나 중심이 되는 남자. 자신의 몸이 넓은 공간을 차지하는 걸 당연하게 여기고 어떤 관계에서든 어렵지 않게, 스스로도 잘 모르는 사이에 우위를 차지해 버리는 남자들. 내가 그렇게 말하는 동안 가만히 듣고 있던 규오는 우리가 저녁을 먹으러 골목 끝에 있는 만둣집에 들어갔을 때 불쑥 말했다.

"그냥 그게 좋은 거 아닐까?"

"어떤 거?"

내가 맥락을 잡지 못하고 되묻자 규오는 말을 고르듯 잠시 망설이다 말했다.

"그냥, 그런 남자들 말이야."

규오가 그렇게 말했을 때 만두가 나오며 대화는 중단됐다. 우리는 가게 주인 부부가 찜기의 전원을 끄고 찜기 앞에 쌓아두었던 스테인리스 찜통을 들여놓는 걸 지켜보며 허겁지겁 만두를 먹기 시작했다.

규오와 알게 된 건 자주 들르던 서점에서 주최한 독서 모임을 통해서였다. 벽돌책 한 권을 정해 한 사람씩 발제해가며 읽는 모임이었는데, 참가자들이 하나둘 빠지기 시작해서 종래엔 서점 주인과 나, 그리고 규오만이 남은, 말하자면 망한 모임이었다. 셋이서 조촐한 책거리를 하던 날에야 나는 규오가 트랜스젠더라는 사실을 알게 됐다. 서점 주인은 이미 알고 있던 바였다. 그날 저녁 나는 만취한 채 규오에게 무례한 질문을 퍼부었다. 규오 씨는 그럼 군대에 가야 하는지, 공중화장실 사용이 어렵지 않은지 등등. 그러고는 다음 날 정신을 차리고 규오에게 어제 일을 사과하는 장문의 문자메시지를 보냈다. 사죄의 의미로 커피 두 잔과 조각 케이크를 주문할 수 있는 쿠폰도 함께 전송했다. 다만 규오는 어젯밤의 주정에 비해 이건 과하다면서 거절하고 아메리카노 쿠폰 하나를 선물해 달라는 답장을 보내왔다. 몇 달 뒤 같은 서점에서 규오를 다시 만났을 때 나는 그에게 커피를 사겠다고 했다. 이후로는 모든 게 자연스럽게 흘러갔다. 우리는 어렵지 않게 연인이 됐고, 규오가 파주에 일자리를 얻고 나서는 자연스럽게 합정동으로 살림을 합쳤다. 규오는 통근 버스를 타고 나는 자전거로 출퇴근이 가능한 위치에 있는 투룸 빌라였다. 우리는 이제 내년에는 전세를 얻을 계획을 세우고 있고, 최근에는 결혼식은 생략하고 혼인신고만 하는 것이 어떨지 이야기를 나누곤 했다. 그러나 가끔은 어떤 의문에 사로잡혀 규오의 곁에서 밤을 지새우기도 했는데, 노아의 환송회에 다녀온 날에도 그랬다. 정확히는 노아가 내게 규오를 '왜 좋아하는지 잘 알겠다.'라고 말했을 때, 나는 그의 말이 결코 좋은 뜻이 아니라고 생각했고 집으로 돌아가는 택시에서부터 그 말을 곱씹었다. 그는 규오가 시스젠더 남성들보다 훨씬 더 섬세하고 다정하며, 바로 그 점 때문에 내가 규오를 연인으로 택했다고 말하는 듯했다. 조금 더 비꼬아 생각하자면 규오를 기꺼이 연인으로 택한 데에는 다 이유가 있고 그걸 자기는 알고 있다고 믿는 것 같았다. 문제는 내가 노아의 말이 틀렸다고 받아칠 수 없다는 거였다. 그 장점들은 내가 규오에게 이끌린 이유 중 하나였으니까. 어쩌면 나는 그저 안전한 선택을 한 것이 아닐까? 상대적으로 왜소하고 여성의 몸이 겪는 생태를 잘 이해하고 있는 규오를 무해한 남성으로 여겼던 것은 아닐까? 물론 이렇게 자문한다고 해서 답을 내릴 수 있는 문제는 아니었다. 규오와 대화하며 나름의 답을 찾아낼 수도 없었다. 나는 규오와 온갖 것에 대해 이야기했지만 이 주제만큼은 말을 꺼낼 수 없었다. 규오가 웃는 모습이 사랑스럽다고 느끼고 그와의 대화가 즐거우며, 그와 함께 잠들고 깨는 일을 기뻐하면서도, 그가 주기적으로 몇 가지 약물을 언급하며 중학생 때 그걸 맞았다면 골반이 넓어지지 않아 더 나은 몸을 가졌을 거라고 안타까워할 때, 나 역시 그의 말에 동감했기 때문이다.

사진의 귀퉁이에는 날짜와 시간이 적혀 있었다. 2006년 12월. 규오는 왼쪽 다리를 접고 오른쪽 다리를 대각선 방향으로 곧게 뻗고 있다. 푸른색 벨벳 셔츠를 입었다. 단추 부분은 금색이고, 목은 차이나칼라로 빳빳이 세워져 있는, 디즈니 영화에 등장하는 왕자들이 입을 법한 옷이다. 그리고 어린 규오에게는 그 옷이 제법 잘 어울린다. 수빈은 테이블 위로 사진을 밀어 주었다. 노아의 물건이라면 거의 다 버렸지만 이 사진은 아무리 봐도 노아 같지 않아서 가지고 있었다면서.
"어린 왕자 같아요. 발레 배우신 줄 몰랐어요."
수빈은 그렇게 말하며 나중에라도 타투를 할 생각이 있다면 자신도 도안을 만들어 줄 수 있다고 덧붙였다. 다만 규오는 고맙다고 대답하면서도 선뜻 타투를 하겠다는 말은 꺼내지 않았는데, 뭐랄까, 무언가를 몸에 새기는 일에 흥미가 떨어진 듯했다. 우리는 잠시 더 머물며 노아가 떠난 뒤 수빈이 가게를 인수한 이야기를 다 듣고 나서 수빈의 타투 숍을 나섰다. 이제 날이 완전히 선선해졌으므로 우리는 경의선숲길을 조금 더 걷기로 했다. 걷는 동안에 나는 얼마 전 검색을 통해 알아낸 무용수 노라 몽세쿠흐에 대해 들려주었다. 노라 몽세쿠흐는 트랜스젠더 무용수인데, 그녀의 인생을 바탕으로 만들어진 영화 「걸」로 이름이 제법 알려졌다. 나는 유튜브에서 그녀가 춤추는 영상을 찾아 규오에게 보여 주었다. 규오는 선뜻 내 휴대폰을 받아 들었지만 영상에 몰입하지는 못하는 듯했다. 5분이 채 되지 않는 영상은 곧 끝나 버렸고 유튜브는 다른 무용수들의 모습을 조그만 섬네일 여러 개로 우리에게 추천했다. 내가 노라 몽세쿠흐의 영상을 찾는 동안 보게 됐던, 이제 내 유튜브 알고리즘으로 자리 잡은 무용 공연들이었다. 그중에는 장애인 무용수 데이비드 툴이 주연으로 활약했던 2012년 런던 패럴림픽 개막 공연과 내년 초에 마린스키 발레단에 솔리스트로 입단할 예정이라는 한국의 젊은 발레리노의 연습 영상도 있었다. 규오는 그 화면을 잠깐 응시하다가 내게 휴대폰을 돌려주었다. 곧 우리는 이렇게 좋은 날씨가 얼마나 금방 흘러갈지, 눈 깜짝할 사이에 크리스마스 시즌이 지나고 새해 인사를 나누는 1월을 맞게 될지, 우리 모두에게 공평하게 닥쳐올 일들에 대해 이야기했다. 그러다 경의선 숲길이 끝나는 지점에 이르렀을 때는 어느새 가을 해가 기울어 가로등에 불이 켜졌다. 규오는 길을 되돌아가 전철을 탈지, 큰길로 나가 버스를 탈지 내게 물었다.

"있잖아. 사진 속에서 네가 하는 동작이 뭐야?"

규오는 아직도 그 생각을 하느냐고 웃으면서도 가방을 열어 사진을 꺼내 들었다.

"동작이랄게 있나." 그는 역시나 잘 모르겠다고 고개를 흔들었다. "뭘 제대로 배울 시간도 없었어. 그나마 좀 발레 같은 동작은, 피루엣 정도 배웠나."

"그럼 나 한번 보여 줄래?" 나는 그렇게 말하고 주변을 살폈다. "지금."

그때까지 나는 규오가 춤을 추는 모습을 본 적이 없었다. 규오는 자기 몸을 늘 부끄러워했다. 넓은 골반, 좁은 어깨, 작은 키를. 잠시 뒤 우리는 경의선 숲길을 벗어나 인적 드문 골목으로 걸어갔다. 규오는 조금 결연한 표정으로 가로등 아래에 섰고, 천천히 몸을 가다듬기 시작했다. 어깨와 등, 목을 펴고, 오른팔을 앞으로, 왼팔을 옆으로 가볍게 들어 올렸다. 그리고 오른 다리를 접어 발끝을 왼쪽 무릎까지 천천히 끌어 올리고 몸을 돌렸다. 딱 한 번, 규오의 몸이 회전했다. 그건 근사한 동작이었다. 다만 규오는 바로 다음 순간에 온몸의 힘을 풀어 버렸고, 내 곁으로 재빨리 뛰어왔다. 무대 망치고 백스테이지로 얼른 들어가 버리는 무용수처럼. 그리고 나는 규오가 바라는 만큼 규오의 몸이 아름답지는 않다는 것을, 그걸 규오 스스로 너무나 잘 알고 있다는 것을 다시 한번 생각했다.

"집에 가자."

규오는 그렇게 말했다. 우리는 전철을 타고 사람들에게 떠밀려 가며 집으로 돌아갔다. 그 뒤로 나는 규오가 춤을 추는 모습을 본 적이 없다. 다만 규오는 자신의 어릴 적 사진을 냉장고 문에 붙여 두었다. 규오가 집에 없을 때면 나는 한 번씩 사진 속의 잘생긴 소년을 바라보곤 한다. 이후 규오가 겪은 일들, 골반이 넓어지고 가슴이 발달하는 원치 않는 변화를 생각하면서. 그리고 서른 살 규오의 몸속에 파묻힌, 아직 그 일을 겪지 않은 소년을 생각하면서.

작가 노트

이 소설은 2024년이 끝나갈 즘 썼습니다. 2024 파리 올림픽, Mnet 〈스테이지 파이터〉, 『온전히 평등하고 지극히 차별적인』(김원영, 문학동네, 2024.) 등등을 보고 읽으며 영향을 받았던 것 같아요. 누가 이 소설을 잘 썼다고 생각하느냐고 물으면 저는 아니라고 대답할 듯합니다. 소설 내에서 제대로 풀어내지 못하고 비약한 부분이 여전히 마음에 걸립니다. 하지만 저는 「피루엣」을 통해 꼭 하고 싶은 이야기가 있었고, 주제에 접촉하지는 못했지만…… 조금은, 아주 조금은 그 이야기에 접근해 보지 않았나 생각합니다. 일상에 소설을 들여놓는 독자분들께 마음 깊이 감사드립니다.

선선한 사이

차현지

연주 씨와는 늘 만나던 장소가 있었다. 연주 씨네 개 하지와 함께 다니던 해변 산책로의 중간쯤, 모래 대신 주먹만 한 둥근 돌들이 자리 잡은, 이른바 몽돌 해변 부근. 그 길 맞은편에 연주 씨가 살았다. 가끔 먼저 도착해 도로 건너편을 보고 있자면, 하지를 앞장세운 연주 씨가 조금 버거운 얼굴로 모습을 드러내곤 했다.

연주 씨가 하지를 데리고 산책을 나오기 시작한 건 작년 가을부터였다. 절에서 키우는 개가 새끼를 낳았는데, 연주 씨의 시아버지가 그중 한 마리를 데려왔다고 했다. 마당 있는 집에 살게 됐으니, 마당을 즐길 만한 개도 한 마리쯤 있어야 하지 않겠냐면서. 하지의 어미는 족보 있는 풍산개 집안 자손이라고도 했다. 하지만 그게 다 무슨 상관이에요, 산책은 내가 다 시키는데. 연주 씨는 나름 비싸게 주고 산 러닝화를 길들이지도 못했다면서 아쉬워했다. 이럴 거면 그냥 대충 신고 뛸걸 그랬다고 툴툴거리던 연주 씨는 천방지축으로 뛰어다니는 하지의 목줄을 잡고 달리다가 멈추기를 반복했다. 연주 씨는 그전까진 동물과 함께 살아 본 적이 없었다. 개는 물까 봐 무섭고, 고양이는 할퀼까 봐 무섭다고 했다. 그 정도면 그냥 웬만한 동물이 다 무서우실 거 같은데요, 하니까 연주 씨는 사실 그렇다며 고갤 끄덕였다.

그런 것 치고 연주 씨는 쿨한 집주인이었다. 이전 세입자가 고양이 모래를 변기에 버리는 바람에 배관을 전부 교체해야 하는 대공사를 치렀다면서 계약 거부 의사를 밝히던 임대인을 만난 직후라, 더 그렇게 느껴졌다. 그 임대인은 고양이라면 학을 뗀다고 했다. 근데 그건 고양이 잘못이 아니라, 멍청한 사람 탓인데. 박절한 데다 어리석기까지 한 임대인 때문에 기분이 상한 걸 눈치챈 부동산 사장님은 재빠르게 다음 매물을 보여 주었고, 그게 연주 씨네 집이었다. 연주 씨는 계약서에 반려동물 관련한 특약도 따로 넣으려 하지 않았다. 도리어 내가 퇴거 시 청소를 하겠다는 내용 정도라도 넣자고 제안했다. 연주 씨는 심지어 고양이가 모래를 파서 그 안에 똥을 누고 다시 모래를 덮는다는 것도 몰랐다. 아무도 안 가르쳐 주는데, 혼자 그렇게 한다고요? 대단해. 왜 개들은 혼자 못 하지. 연주 씨는 집요하게 주변 냄새를 맡다가는 데크 한쪽에 자릴 잡고 끙, 하며 힘을 주는 하지를 멀거니 바라보면서 말했다. 그리고는 주머니에서 비닐봉지를 꺼내어 하지의 똥을 하나씩 주워 담았다.

하지가 오기 전까지, 우리는 밤마다 같이 달리기하는 사이였다. 여름이 끝나 가고 휴가철 내내 장박하던 캠핑카의 숫자도 점점 줄어들던 어느 밤, 연주 씨가 후드를 뒤집어쓴 채 혼자 뛰고 있었다. 몽돌 해변의 끝자락인 언덕을 넘어가면 거긴 주변에 정말 아무것도 없는데 어디까지 가려는 거지. 연주 씨는 멈출 줄 모르고 계속 달렸다. 나는 앞서서 뛰는 사람이 연주 씨인 줄 몰랐지만, 레깅스 위로 짧은 돌핀 쇼츠를 덧대 입은 차림을 보며 남자는 아닐 거라는 짐작에 조금은 안도했다. 그 밤에 혼자 인적이 드문 해변을 산책한다는 건 전혀 낭만적이지 않고, 바짝 경계심이 올라온 상태로 연신 좌우 앞뒤를 체크해야 하는 매우 비생존적인 활동이었다.

그럼에도 그 공포를 뛰어넘을 만큼 갑갑하다면. 포말이 일 때마다 사이다 거품처럼 샤, 하고 퍼졌다가 이내 사그라드는 파도 소리에 맞춰 숨을 크게 들이쉬고 내쉬는 행위가 당장이라도 필요하다면. 그럼 뛰쳐나갈 수밖에 없지. 저 여자도 그런 걸까.

나는 모종의 동질감을 느끼며 연주 씨를 따라 뛰었다. 연주 씨가 중간중간 숨을 고르기 위해 속도를 낮추었고, 나 역시 그 페이스에 맞추었다. 어느덧 서서히 언덕으로 다다르는 지점에서 연주 씨는 돌연 멈추고는 재빠르게 뒤를 돌아보았다. 순간적으로 후방을 확인하려는 경계 어린 움직임 같았다. 이윽고 연주 씨는 내 쪽으로 천천히 걸어왔고, 뒤이어 어? 하는 소리를 내며 내게 알은체했다.

202호 맞죠?

임대인과 임차인 간에는 집을 보여 주고 보러 가는 것 말고는 통성명할 일도 없고, 계약서에 적힌 이름으로 서로의 연락처를 저장해 놓는 것도 아니어서—더군다나 나나 연주 씨는 계약 당사자가 아니었기 때문에—우리는 그날 밤의 해변에서 처음으로 서로에게 이름을 알려 주었다. 연주 씨는 내 이름이 어릴 적 친했던 친구 이름과 같다며 신기해했다. 별로 신기한 일은 아니었으나, 나는 연주 씨가 무언가 노력하고 있다는 느낌을 받았다.

연주 씨와 나는 종종 해변에서 만났다. 그래도 밤에는 무서우니까…… 근데 좀 어색하려나요? 연주 씨는 제안하면서도 내심 민망하단 듯 입술을 지그시 깨물며 내 눈치를 봤다. 나는 엉겁결에 아뇨, 같이 달리면 안전하고 좋죠, 하고 답했다. 연주 씨는 떠보는 걸 잘하는 사람이었다. 그건 어렵겠죠? 거기까지 가는 건 좀 그렇죠? 아무래도 이때는 바쁘시겠죠? 상대가 거절에 능한지 아닌지를 간파하기 위한 거름망 같은 질문. 거절이 쉬운 사람은 아무래도 좀 그렇네요, 하고 받아칠 것이고, 거절이 어려운 사람은 그 질문을 들을 때부터 마음이 불편해져서 어쩔 줄 몰라 하며 다 괜찮다고 할 것이다. 나는 후자에 가까운 사람이고. 연주 씨가 거름망 화법을 쓰는 게 별로 좋진 않았지만, 한편으론 거절 훈련을 하기에 적합한 상대라고도 생각했다. 어쨌거나 우린 계약으로 묶인 사이니까, 정확하게 맺고 끊는 연습을 해야 했다. 그때 가서 어버버하지 않으려면. 전세 사기에 대한 만반의 준비도 갖춰야 하고…… 그런데 세입자가 어떤 만반의 준비를 할 수 있지. 때마다 등기부등본 열람해서 근저당이 생겼는지 확인하기? 거절을 잘 못하는 사람은 내가 언제 등쳐 먹힐지 모른다는 불안에 늘 사로잡히는 법이고, 그러니 늘 의심과 경계 태세를 갖춰야 하는데.

그래도 집주인이랑 러닝메이트는 약간 이상한데. 그러다 집에도 온다고 하면.

그렇게까지 안 친해질 거야, 걱정하지 마.

그게 맘대로 되니. 그쪽에서 밀고 들어오면 무방비 상태로 열어 줄 거 같은데. 마스터키 하나 갖고 있는 거 아냐?

재림은 낄낄 웃다가는 그래도 밤에 혼자 돌아다니는 것보단 낫다고 하더니, 이내 미안하다고 덧붙였다. 이사하고 두 달도 안 되어 재림은 경주로 발령이 났다. 리조트의 대대적인 리모델링을 앞두고 추가 인력이 필요했다. 얼마 전 프런트에서 백 오피스로 옮겨 팀의 막내가 된 재림이 파견 근무자로 낙점됐다. 재림의 편의를 위해 이사한 건데 정작 이 동네를 속속들이 누비고 다니는 건 되레 내가 되었고, 덕분에 계획에 없던 면허를 따야 했다. 재림은 서두르지 말라고 했지만, 그렇게 되면 당장 불편한 건 나였다. 그래도 지금껏 운전대를 안 잡고 살아온 건 나름의 이유가 있는 건데(이를테면 무섭다든가 귀찮다든가 무섭고 귀찮다든가……), 그래서 일단은 버텨 보기로 했다. 재림의 파견 근무가 생각보다 더 빨리 끝날 수도 있다는 희망 회로를 돌리면서. 그러면서도 재림과 함께 산다고 하더라도 내 고유한 기동성을 재림에게 의탁하는 것이 맞나 싶었다. 배차 간격이 1시간이나 되는 시내버스를 내처 기다리느냐, 택시를 타고선 초 단위로 껑충껑충 오르는 미터기의 숫자를 지켜보며 '더 일찍 나올걸' 후회하느냐. 언제부턴가 이 좁은 선택지에 의해 물리적 거리는 물론 심정적인 활동 반경조차 한없이 쪼그라드는 것 같았다. 그렇다고 마땅히 갈 곳이 있느냐 하면 딱히 그것도 아니긴 했지만.

연고도 없는 지역으로 이주하게 된 건 재림과 함께 살게 되면서부터다. 그때쯤 나는 서울에 질릴 대로 질린 상태였다. 대도시의 과밀하고 번잡한 생활이 피로했고, 소음과 미세먼지가 끔찍하게 싫었다. 음악을 안 틀어 놔도 바깥 소음이 안 들리는 곳, 늦은 새벽에 오토바이 엔진 굉음이 안 들리는 곳, 사람과 사람 사이의 거리가 되도록 멀고 먼 곳. 그런 장소에 가 있는 명상 훈련을 아무리 한다 해도, 이어폰을 빼고 눈을 뜨면 좌우 앞뒤로 꽉 찬 사람과 소음이 나를 지속적으로 예민하고 절망스럽게 만들었다. 적적하고 싶다. 좀 적적하고 싶어. 한 달 살기 그런 거 말고, 그냥 영영 살기의 느낌으로, 어디로든 벗어나고 싶었다. 재림이 일하는 리조트 근방에 집을 알아보기 시작하면서 나는 재림에게 청혼했다.

신혼집을 찾는다고 하면 사람들은 스스럼없이 아이 계획을 물어 왔다. 인근에 어린이집이나 초등학교가 있다는 걸 장점으로 내세우면서. 시군별로 출산 장려금이 얼마나 차이 나는지, 새로 지은 산후조리원이며 출산이 가능한 산부인과 정보까지 세세하게 알려 주는 부동산 사장님도 있었다. 기껏해야 여기서 저기까지 30분 거린데, 그럼 돈 더 많이 주는 동네가 낫지 않냐고. 그것도 맞는 말이긴 한데, 그렇게까지 따져 가며 사는 거 좀 안 하려고…… 내려온 거거든요. 그렇게 되받아치고 싶었지만, 그냥 웃기만 했다. 구구절절 설명을 안 하고 싶어서 내려온 것도 맞으니까.

사람을 많이 안 만나면 쓸데없이 하는 말을 줄일 수 있지 않을까? 그 말을 들은 재림이 너 결혼이 아니라 수행이 필요한 거 아냐? 물어 왔고, 나는 결혼을 빌미로 유배지에 가는 거라고 농담하듯 말했다. 반쯤은 그런 심정이기도 했고, 실제로 재림이 경주로 떠난 뒤로는 진정 유배 생활에 가까울 만큼 고요하고 적적했으니까.

오전에는 작업을 이유로 책상에 앉아서도, 그저 유유히 창밖만 구경했다. 목련과 겹벚꽃이 피었다 지고, 새로 나는 연둣빛 잎사귀들이 점차 면적을 키우며 풍성해지는 일련의 과정을 지켜보는 것이 좋았다. 당장 해야 할 일이 아니면 자꾸 뒤로 미루게 되었다. 날이 맑으면 일단 나가고 봤다. 설악산에서 흘러온 하천 물줄기가 바닷물과 만나는 구간에 옹기종기 모여 있는 청둥오리들을 보았고, 일몰에는 해변으로 가 분홍빛 하늘을 하염없이 만끽했다. 하루를 정리하며 쓴 일기에는 그날 본 것들을 묘사 연습하듯 나열하다가, 늘 반성하는 문장으로 끝을 맺었다. 이를테면 오늘부터 일기라도 제대로 쓰려고 한다, 뭐든 해야 하는데, 도저히 할 생각이 들지 않는다, 도대체 여기까지 내려와서 뭘 하고 있는 거냐, 너무 고요해서 좋기는 한데 조금 무섭다…… 따위의 혼잣말.

그런 까닭에 연주 씨와의 단둘뿐인 달리기 모임이 그리 나쁘게 느껴지지만은 않았다. 숯불 연기를 가득 피우는 캠퍼들이 출몰하는 주말을 제외하고는 외지인들의 발길이 뜸한 이 동네는 해가 떠 있을 때와 저물고 난 뒤의 풍경이 사뭇 달랐고, 그걸 다들 아는지 밤 9시만 돼도 공원부터

선선한 사이

교차로까지 사람 하나 없이 썰렁했다. 세컨드 하우스 명목으로 지어진 단독주택들은 평소엔 불빛 하나 없는 빈집 상태였고, 해변과 맞닿은 대로변의 방범대 사무실 역시 평일엔 깜깜하기만 했다. 가끔 농가에서 키우는 개들이 무리를 지어 순찰하듯 동네를 돌아다녔다. 연주 씨는 그 개들에게 절대 뒷모습을 보이면 안 된다고 했다. 잘못하다가는 개들이 떼로 공격해 종아리가 아작 날 수도 있다면서.

연주 씨는 러닝을 본격적으로 해 본 적이 없다고 했다. 그러다 보니 무릎이 너무 시큰거린다고 했다. 발가락에 잡힌 물집이 터져서 양말에까지 피가 묻어나기도 했다. 그래도 그냥 달렸다. 뛰고 싶으니까 뛴다고. 그건 나도 마찬가지였다. 우리는 나이키 앱을 이용해 하루에 뛸 거리를 정하고 달렸다. 처음엔 왕복 3킬로미터로 시작하면서 차츰 거리를 늘렸다. 운동을 마치고 나면 우리는 서로에게 '러닝 기초 자세'나 '종아리 스트레칭', '러닝화 추천 영상'을 공유했다.

연주 씨와 함께 달리는 건 사교적인 활동과는 거리가 멀었다. 우리는 안전을 도모하며 함께 달리는 것뿐이었다. 달리는 동안에는 딱히 상대를 신경 쓰며 의미 없는 말을 나누지 않아도 되었고, 페이스를 맞추기 위해 속도 조절을 하는 거 말고는 상대를 너무 의식하지 않아도 됐다. 그냥 앞만 보고 뛰다가 헤어져 각자 집으로 돌아갈 것. 우리는 얼마간 암묵적으로 이 룰을 지켰다.

우리의 첫 번째 목표는 언덕을 넘는 것이었는데, 연주 씨는 그때까지 러닝화를 사지 않겠다고 했다. 그러면 정말 제대로 해야 할 것 같잖아요. 연주 씨가 가쁜 숨을 내쉬며 말했다. 다음 만남 때 나는 원 플러스 원으로 산 벨크로형 무릎 보호대 하나를 연주 씨에게 건넸다. 제대로 해야 할 것만 같은 기분이 뭔지 너무 잘 알겠기에, 그걸 최대한 모른 척 미루고 싶은 마음도 너무 잘 알 것 같아서. 그러나 그 마음과 별개로 일단 아작 나고 있는 무릎은 살려야겠기에. 연주 씨는 지나칠 정도로 고마워하며 보호대를 착용했다. 헤어지고 나서도 문자로 또다시 고마움을 표현했고…… 보답하고 싶다며 다음 날 점심을 같이 먹고 싶다고 했다.

[아무래도 바쁘시겠죠?]

연주 씨의 거름망 화법을 파악하지 못하던 때였으므로, 나는 속절없이 걸려졌다. 집 앞으로 데리러 오겠다는 통보까지 받자, 나는 곧장 무릎 보호대를 건넨 걸 후회했다. 달리기 모임을 수락한 순간부터 소소하게 나눈 일상적인 대화들까지 모든 게 다 부담스러워지고 말았는데, 무엇보다 연주 씨가 내 집 주소를 따로 물을 필요도 없었다는 것이 가장 부담스러웠다.

그날 우리는 시내에 있는 호주식 브런치 식당에서 연어가 올라간 오픈샌드위치와 단호박수프를 나누어 먹었다. 인근 항구 근처에 맛집들이 하나둘씩 생겼다는 소식을 연주 씨가 전해 주었다. 아직 '-리단길'을 붙일 정도는 안 되지만, 주말에는 꽤 붐비는 편이라고. 서울에서 버스를 타면 2시간 안팎으로 올 수 있는 거리라, 혼자 여행 오는 여자들이 좋아할 만한 카페나 서점, 소품 가게들도 많다고 했다. 실제로 연주 씨와 카페에 가면 혼자 온 여자 손님들이 통창 너머 끝 간 데 없이 펼쳐진 바다를 우두커니 응시하는 모습을 쉽게 볼 수 있었다. 때때로 대화가 끊어지고 얼마간 침묵이 찾아오는 사이, 연주 씨는 그 손님들을 조심스레 관망하곤 했다.

저 무렵에는 저도 홀홀 잘 움직였거든요. 기차 타고, 버스 타고. 그때 어디를 갔고 무얼 먹었는지는 잘 생각이 안 나는데, 해변을 따라 아주 오래 걸었던 기억, 혼자 숙소에 누워서 바로 잠들지 못하고 한참 천장을 보고 있던 거며, 그때 베개에서 나던 묘하게 촌스러웠던 섬유 향, 이런 건 계속 생각이 나요.

때마침 통창 앞에 앉아 있던 여자가 자리에서 일어나자, 윤슬에 비친 햇빛 줄기가 우리 테이블까지 침범해 길게 선을 그었다. 가게를 나서는 여자를 바라보는 연주 씨의 얼굴이 어쩐지 멀리 있는 사람처럼 느껴졌다.

요즘은 어디 가고 싶다는 생각 자체를 잘 안 하게 돼요. 옛날엔 지도 앱도, 카카오 택시도 없이 잘만 돌아다녔는데. 길을 잘못 들어서 씩씩대고 걸었어도, 그래도 그냥 계속 앞으로 뚜벅뚜벅 걷던 그 느낌이 오래 남아 있어요. 그때 들었던 앨범은 가사도 다 외워요. 그 노랠 듣게 만든 사람이나 사건은 흐릿한데. 아, 이러니까 진짜 옛날얘기 하는 옛날 사람

같네. 뭐 그게 맞긴 하지만요. 양지 씨 재미없겠다.

연주 씨는 나보다 기껏해야 서너 살 정도 많은 것 같았는데, 말끝마다 스스로를 옛날 사람이라고 강조했다. 양지 씨는 이런 거 잘 모르죠? 들어 본 적 없을 거예요. 나는 요즘 건 잘 몰라서요. 연주 씨에게 나는 '세대 차이 나는 서울 사람' 이미지로 고정된 듯했다. '외지인을 대하는 상냥한 토박이.' 연주 씨는 딱 그 모드로 나를 대했다. 그러나 연주 씨도 이곳에 터를 잡은 지 몇 년 안 됐다고 했다.

아는 사람도 몇 없고요. 남편 동료들과 부부 동반 모임 하면서 알게 된 언니들이 있긴 한데, 거기는 원래부터 서로 다 아는 사이고, 남편이랑 더 친하고 그래요.

대대로 이곳 토박이인 남편과는 서울에서 만나 결혼했다. 연주 씨가 거의 평생을 살아온 지역의 경찰서에서 근무하던 남편은 승진하면서 고향을 희망 근무지로 신청했다. 연주 씨는 발령 통보가 나고서야 알게 되었고, 그 일로 두 사람은 몇 차례 크게 싸웠다. 갈등이 깊어진 상태에서 남편은 일단 본가로 먼저 들어갔고, 몇 개월이 지나지 않아 결국 연주 씨도 남편의 귀향에 동참했다. 그때 산 집이 재림과 내가 계약한 아파트였다.

연주 씨는 그래서인지 내가 더 신경이 쓰였다고 했다. 집을 보러 간 날, 나는 무심코 연주 씨에게 버스 정류장이 어디 있는지 물었다. 연주 씨는 내 모습을 보며 몇 해 전 처음 이 동네에 왔던 자신이 떠올랐다고 했다. 장롱면허였던 연주 씨는 이주하고 난 뒤, 얼마 지나지 않아서 운전 연수를 받았다. 그러고는 퇴직금으로 중고 오프로드 SUV 한 대를 장만했다. 연주 씨는 조만간 나도 면허를 따는 게 좋을 거라고 말해 주었다. 돈은 이중으로 들겠지만, 속 편한 게 더 경제적이라면서.

근데 양지 씨 무슨 일 하는지 물어보면…… 프라이버시 침해려나요?

이때 패턴을 알아봤어야 했는데. 물론 간파했다고 하더라도 독대 중에 답변을 안 하는 건 그것대로 이상할 테니, 어쩔 수 없이 말했겠지. 나는 작업하는 프리랜서 정도로 에둘러 답변했다. 그러면 보통 무슨 작업이요? 하고 바로 물어볼 텐데, 연주 씨는 그렇구나, 하며 순순히 물러섰다.

그래도 혼자 있는 게 불편하진 않겠어요.

다행히도요, 익숙해서요.

저도 그래요. 그래서 막 외롭거나 심심하진 않은 것도 같고요.

다행이네요.

그냥 조금 갑갑한 거 빼고는…….

갑갑하세요?

그러니까…… 달리겠죠?

바다를 마냥 바라보고 있어도 쉬이 해소되지 않는 꽉 막힌 기분. 그런 감정이 치달아 오를 때, 연주 씨는 밤바다를 배경 삼아 뛰었다. 마당 있는 단독주택에 살게 되면서부터 쇄골 밑으로 가슴께가 꽉 조여 오는 느낌이 점점 심해졌다. 남편이 투자 목적으로 시부모님의 노후 자금까지 얹어 매매한

타운 하우스였다. 원래 살던 집을 정리하고 이사하려고 대형 병원이 인접해 있는 도시 쪽을 알아보던 중이었는데, 시아버지가 돌연 고향 땅에 몇 년 더 살고 싶다며 고집을 부렸다. 타운 하우스를 장기 임대나 스테이 숙소로 쓰려던 사업 계획이 틀어지면서 운용 자금을 마련하기 위해 아파트를 전세로 내놓았다. 이번에는 남편이 연주 씨와 나름 상의하고 내린 결정이었다. 연주 씨가 고를 수 있는 선택지가 마땅히 없는 게 문제였지만.

연주 씨는 말을 너무 많이 한 거 같다며 겸연쩍어하더니, 그럼 갈까요? 하며 계산서를 집어 들었다. 각자 계산하자는 내게 연주 씨는 이건 먼저 준 선물에 대한 보답이라며 완강하게 버텼다. 나오는 길에 본 물회 식당 앞에 사람들이 바글바글했다. 저긴 아침 10시면 현장 마감이에요. 혹시 새벽에 일찍 일어나게 되면 가 볼래요? 아, 올빼미형 인간이겠다. 창작 일은 주로 밤에 많이들 하지 않나요?

그날, 재림과 짧은 통화를 하며 나는 연주 씨와의 관계가 그리 좋게 끝날 것 같진 않다는 우중충한 말을 던졌다. 어째서냐고 묻는 재림에게 그냥 느낌이 그래, 하고 얼버무렸다. 그래 뭐 다 기우인 거니까. 그나저나 오늘은 러닝 안 해? 재림의 무심한 질문에 나는 피곤하다며 급하게 전화를 끊었다. 뭘 들은 거야, 눈치도 없는 인간.

어느새 창밖은 깜깜해졌고 나는 부리나케 커튼을 쳤다. 평일에 혼자 생활하면서 생긴 버릇이었다. 캣휠에 올라 사냥 놀이를 기다리는 우리 집 고양이와 조금 놀아 주다가 잘 준비를 했다. 안방에 퀸 사이즈 침대를 놔두고 온 집 안의 중심인 거실 소파에서 자게 된 것 역시 재림이 없는 집을 혼자 지키면서 가지게 된 습관이었다. 밤 10시만 넘어도 꾸벅꾸벅 조는데 올빼미는 무슨....... 한편으론 연주 씨에게 나를 선뜻 들키지 않은 것 같아 기분이 좋았다. 연주 씨에 대해 필요 이상으로 많은 정보를 알게 되어 찝찝했던 마음이 약간은 누그러졌다. 그때, 연주 씨에게 문자가 왔다.

[뛸래요?]

누워 있던 나는 연주 씨의 메시지에 자리를 박차고 일어났다. 들키고 싶지 않은 마음, 더 알고 싶지 않은 마음이 전부 상쇄될 만큼, 밤의 달리기는 좋았으니까.

언덕 넘기를 성공한 지 며칠 안 되어 연주 씨는 하지를 데리고 나왔다. 우리는 무릎 보호대를 차는 대신 목줄을 번갈아 잡으며 하지와 해변 데크를 뛰었다. 산책이 끝나고 집으로 돌아가서는 '흥분해서 마구 줄을 당기는 강아지 훈련 영상' 같은 걸 공유했다. 그러다가는

[제대로 못 뛰어서 어떡해요. 미안해요, 양지 씨.]

하고 연주 씨가 말했고,

[제대로 뛰려고 생각하면 부담스러워요.]

[그렇게 말해 줘서 고맙네요.]

[하지도 우리 모임 구성원인걸요.]

라고 내가 답했다.

 동네에는 도시에서 키우기 힘든 덩치 큰 개들이 아침부터 늦은 밤까지 보호자와 함께 산책하는데, 특히 인적이 드문 밤에 자주 보였다. 아직 강아지에 불과한 하지의 몸집도 하루하루 눈에 띄게 달라졌다. 성견이 되면 연주 씨 혼자 돌보기 버거울 텐데. 연주 씨 남편은 뭐 하나. 왜 맨날 연주 씨가 밤 산책까지 다 하는 거지. 그러나 나는 굳이 묻지 않았다. 사적인 질문은 자연히 꼬리에 꼬리를 물고, 괜한 말에 괜한 말을 낳을 테니까. 감정적 동요를 최소화하기 위해서는 하지를 소재로 삼는 것이 편했다. 풍산개의 특징이나 하지 어미가 사는 사찰의 내력, 중성화 수술 전후로 유의해야 할 부분, 야외 배변의 장단점과 같은 주제를 나누다 보면 산책 시간을 충분히 채울 수 있었다. 그러는 동안 하지가 마구 속도를 내며 달리기도 하고, 그걸 좇느라 나와 연주 씨 또한 말없이 뛰기도 하니까. 그러다 보면 금세 등허리가 흠뻑 젖어 있었다.

 한번은 연주 씨와 함께 야간 드라이브를 한 적이 있었다. 드라이브하러 만난 건 아니었고, 하지의 배변 봉투를 사기 위해 무인 반려동물 용품점에 가는 길이었다. 나는 그 김에 고양이 전용 티슈와 칫솔도 샀다. 연주 씨는 강아지풀처럼 생긴 사냥 장난감을 몇 개 사서 내게 주었다. 하지 때문에 밤마다 혼자 있게 하는 거 같아서요. 연주 씨는 고양이가 외출을 꺼리는 지독한 영역 동물이란 것도 나를 통해 알게 된 것 같았다.

시내를 빠져나와 해안가 도로로 진입한 우리는 얼마간 말없이 바다를 바라보았다. 그날따라 파도가 거셌다. 연주 씨는 내게 블루투스를 연결하라며, 디제이 전권을 넘겼다. 듣고 싶은 거 아무거나 틀어요. 언젠가 연주 씨가 앨범 전체를 트랙 순서대로 들으며 걸었다고 한 게 떠올라, 나는 스포티파이 앱을 열어 비교적 최근에 모아 둔 리스트를 셔플로 돌렸다. 린다 퍼헥스, 제시카 프랫, 그리고 케이디 랭과 정미조의 음악을 들었다. 내 무릎에 앉은 하지는 열어 둔 창문을 통해 불어오는 바람을 맞으며 리드미컬하게 코를 치켜들었다. 계속 신호를 받는데⋯⋯ 그냥 쭉 갈까요? 연주 씨는 한 번이라도 정지 신호가 나오면 거기서 멈추자고 했다. 내가 사는 아파트 단지와 연주 씨의 단독주택이 있는 골목 어귀를 빠르게 지나쳤다. 교차로마다 노란색 점멸등만 깜빡였고, 우리는 이번에도, 또 이번에도? 하며 신나 했다. 그렇게 1시간 남짓 달려 주문진까지 가서야 신호등이 빨갛게 바뀌었고, 그제야 유턴을 했다.

돌아가는 길에 우리는 차를 어느 해변에 잠시 세우고 편의점에 들렀다. 모래사장이 유난히 넓은, 언젠가 와 본 해변이었다. 모래사장을 따라 바다 쪽으로 통창을 낸 숙박업소들이 길게 늘어서 있었다. 비수기의 밤바다는 방치된 폐건물처럼 보였다. 하지는 고운 모래 위를 기세 좋게 뛰어다녔다.

데이지꽃이 막 피기 시작하던 봄, 나는 그 해변에서 제사를 지낸 적이 있다. 정성을 들인 음식이나 예복도 딱히 갖추지 않았지만, 바다에 들르기로 했을 때부터 나름대로 제의적인 목적이 있었다. 한껏 기리고, 훌훌 떨치고 싶은 마음으로 홀연히 떠난 여행이었다. 그날 나는 길쭉한 해변을 지나, 자전거 길을 따라 한참을 걷기만 했다. 연주 씨가 그랬던 것처럼 나도 한 앨범을 지겹도록 반복 재생했다. 모래가 너무 고운 나머지 도중에 몇 번이고 멈춰 서서 운동화를 벗었다. 걷는데 어찌나 발가락이 간지럽던지. 나는 울면서 운동화를 털다가는 다시 걷고, 그러다 또 울었다. 왜 그렇게까지 울었는지는 이제는 잘 기억나지 않지만, 그저 울고 털어 내면 그만인 일이었을까 싶다가도, 한동안은 그러지 못했던 것 같기도 하다. 그렇게 한 시절을 내내 제사 지내는 심정으로 살았다. 돌이켜 보면 별일도 아니었는데.

하루치 활동량을 다 썼는지 하지는 내 무릎 위에서 곤히 잠들었다. 밤의 국도를 달리는 건 생각보다 기분이 좋았다. 연주 씨는 차 안에서 듣던 음악을 알려 줄 수 있냐고 물었다. 나는 그날 새벽까지 고심해 만든 플레이 리스트를 별말 없이 전했다. 우리가 달리기를 마치고 난 뒤, 이따금씩 짧은 유튜브 영상을 주고받듯이.

그 후로도 우리는 종종 드라이브를 했다. 연주 씨는 차 없이 가기 힘든 장소들에 데려가 주려는 것 같았다. 우리는 산 중턱에 있는 막국숫집이나 예전에 온천장이었다던 카페, 약수터 근처 두부집이나 별이 잘 보인다는 미시령 옛길을 돌아다녔다. 강릉에 가서 영화도 보았다. 보고 싶던 영화였는데 여기엔 상영관이 없다며 앓는 소릴 하자, 연주 씨가 기꺼이 같이 가 주었다. 재림이 올 때까지 기다렸다가 봐도 된다고 했는데, 연주 씨는 덕분에 안 해 본 거 해 보고 좋다고 했다.

연주 씨는 말이 많은 타입은 아니었지만, 어떤 얘기들은 주저하지 않고 훌훌 꺼냈다. 종일 정치 유튜브에 빠져 있는 시아버지 얘기나 남편 동료들과 부부 동반 모임에서 있었던 에피소드, 그중 한 언니가 너무 집요하게 연락해서 힘들다는 하소연 같은 시시콜콜한 얘기였다.

가만 보면 양지 씨는 정말 자기 얘길 많이 안 하네요.
고성으로 가는 차 안에서 연주 씨가 말했다.
그런가요, 요즘 말을 덜 하려고 하긴 해요.
좋네요. 나도 말 좀 줄여야지.
연주 씨는 그렇게 얘기하고 나서도 한동안 말을 이었다. 물론 집주인의 개인사를 많이 아는 것이 그리 좋은 일만은 아니었다. 혹시나 계약 종료가 되는 시점에 양지 씨도 사정 잘 알잖아요, 하면서 돈을 못 돌려주겠다고 하면 어쩌나, 하는 생각이 불현듯 스치기도 했다. 거기까지 가진 말아야지. 연주 씨도 내게 많은 걸 물어보지 않았다. 아무래도 부부 동반 모임의 그 언니가 질문을 과하게 하는 스타일인 것 같았다. 그런 부담스러운 언니는 되지 말아야겠다고 생각하는 걸까. 그래서인지 연주 씨는 불쑥 튀어나오려는 질문을 의식적으로 누르는 듯했다.

연주 씨는 조만간 시내에 공부방을 차릴 거라고 했다.

학원도 알아봤는데, 아무래도 어딘가에 묶여 있기보다는 혼자 하는 게 나을 것 같다면서. 그래서인지 돌아다닐 때마다 주택가의 작은 건물들을 유심히 살피곤 했다. 간혹 비어 있는 상점 창가에 붙은 임대 문의처로 연락을 해 보기도 했는데, 예상보다 비싼 월세에 금방 전화를 끊었다. 그러고는 자영업은 역시 배짱이 있어야 하는 거라며 씁쓸하게 웃었다. 연주 씨는 아직도 한참이나 남은 퇴직금을 어디에 써야 할지 모르겠다고 했다.

근속 연수가 꽤 됐거든요. 뭐 더 오래 다닌다고 해도 그 이상으로는 못 올라갔을 거예요.

연주 씨는 어차피 딱 거기까지였을 거라고, 후련하다는 듯 말을 이었다. 더 괘씸하다고 느끼기 전에, 더 바짝 약이 오르기 전에 그만두길 잘했다고. 먼저 관둔 여자 선배나 동기들은 자식 양육에 전념하거나 그간 쌓아 온 경력과는 딱히 연결 고리가 없는 업종에 종사한다고 했다.

이제 좀 익숙해지고 뭔가 감이 오려고 할 때, 꼭 정체기가 같이 오더라고요. 그게 매너리즘인 건지 그러다가 도태되는 건지 잘 모르겠지만. 아니 근데 뭘 더 어떻게 하라고. 이쯤 했으면 엔간히 한 거 아닌가 싶고. 그래서 관두겠다는 결정하자마자 이리로 온 거예요. 더 욕심내기 싫어서.

연주 씨는 거기까지 말하고 나서 얼마간 조용히 있었다. 자신도 모르게 말이 끓어오르기라도 한 듯, 서서히 온도를 낮추는 느낌이었다. 그래서 나도 그냥 가만히 있기로 했다.

양지 씨는 많이 안 궁금해해서 편해요.

선선한 사이

침묵을 깨고 연주 씨가 말을 이었다.
궁금은 하지만 안 물어보는 거예요, 나는 속으로 생각했다.

연주 씨와 어울리는 시간이 늘어날수록 나는 조금은
풀어진 상태가 되었는데, 연주 씨가 집주인인 걸 까먹고 하는
말들이 하나둘 생겨난 것이었다. 가스레인지 후드에서 계속
음식 냄새가 난다든지, 안방 화장실 환기가 잘 안 된다든지,
벽지가 점점 더 들뜬다든지…… 별생각 없이 내뱉은 말들이
되짚어 보면 집에 대한 불평이었다. 그때마다 연주 씨는
미묘하게 표정이 굳었다가 아, 그거 검사할 때가 됐나 보네요,
하며 애써 웃었다. 뒤늦게서야 나는 사는 데는 전혀 지장
없다고 수습하기에 바빴다.
 하루는 하지의 어미가 있는 사찰에 다녀온 적이 있었다.
연주 씨가 예불을 드리러 절에 다녀왔는데, 올라가는 산길에
본 달마시안 한 마리가 방치된 것 같다고, 계속 눈에 밟힌다고
했다. 다음 날 함께 가 보니, 계곡 편의점이라는 간판을
단 컨테이너 앞에 정말 달마시안 한 마리가 녹슨 쇠줄에
묶여 있었다. 그마저도 유리창이 다 깨져 있어 더 스산하게
느껴졌다. 하지가 다른 형제들과 함께 스님이 주는 황태를
받아먹고 있을 때, 매일 개들을 산책시킨다는 보살님께
달마시안에 관해 물었다. 보살님은 주변 펜션 주인이 키우는
개라고 했다. 근데 왜 유리창도 다 깨지고 영업도 안 하는

폐건물 앞에다가 묶어 놓은 거냐고 묻자, 겨울에도 펜션에 오는 손님들이 있으니까 그런 거라고 안심시키듯 웃었다. 하지 어미의 털을 빗겨 주던 주지 스님이 헛걱정들 하지 마세요, 하고 낮게 덧붙였다. 절에서 내려오면서는 통일신라 시대 때 만들어졌다던 3층 석탑을 지나쳤다. 천 년이 훌쩍 넘은 오래된 석탑을 보는 둥 마는 둥 하다가, 개가 묶여 있는 자리 근방에 차를 세우고는 한참을 지켜보았다. 연주 씨는 다행이라며 안도하는 표정을 지었지만, 나는 오히려 더 뒤숭숭해졌다.

저럴 거면 안 키우는 게 낫지 않나요. 추운데 종일 저게 뭐예요.

그러자 연주 씨는 시골 개들이 다 그렇죠 뭐, 하며 그래도 주인이 있다니 다행이라고 했다. 계곡물엔 살얼음이 얇게 깔려 있었다. 날이 쌀쌀하다며 옹심이라도 먹고 들어가자는 연주 씨에게 그냥 집으로 가겠다고 했다. 그날 밤, 나는 온갖 동물 구조 센터의 웹페이지를 뒤지다가는 이불을 머리끝까지 뒤집어쓴 채 잠이 들었다. 연주 씨는 그러게 왜 나까지 데려가서는. 동네를 거닐다가 사찰을 안내하는 갈색 표지판이 보이면 이내 마음이 눅눅해지곤 했다.

절에 다녀온 뒤, 얼마 지나지 않아 연주 씨에게 다급하게 연락이 왔다. 3일 정도 하지를 돌봐 줄 수 있겠냐는 거였다. 제주도로 가족여행을 가게 되었는데, 하지를 데리고 비행기까지 타는 게 번거롭다며 그냥 집에 두고 가자는

결론이 났다고 했다. 남편은 동료들한테 부탁하면 된다고
했지만, 하지가 양지 씨를 많이 따르기도 하고…… 아무래도
좀 그렇죠? 연주 씨의 마지막 대사에 나는 또 홀랑 넘어갈
뻔했지만, 이건 좀 다른 문제였다. 평소와 다르게 딱딱해진
말투를 느꼈는지, 연주 씨는 서둘러 구체적인 요구를 했다.
밥과 물을 챙겨 주고, 하루에 두 번씩 산책만 시켜 주면
된다고. 하지는 원래도 마당에 있는 개집에서 자니까, 굳이
실내로 들여보내지 않아도 된다고도 덧붙였다. 그건 주인이
집에 있을 때나 가능한 얘기 아닌가요. 밤중에 무슨 일이
일어날 줄 알고. 무리 지어 다니는 동네 개들이 떼로 공격해
오면 어쩌시려고요…… 하고 싶은 말이 많았지만, 나는 일단
일정을 확인하겠다며 전화를 끊었다.

 하지를 덜컥 집에 데려올 수는 없었다. 고양이가 지독한
영역 동물이란 얘긴 다 까먹은 건가. 자기 영역을 침범하는
걸 얼마나 싫어하는지 다 말했을 텐데. 하기야 하지를 돌봐
달라고 했지, 맡아 달라고 한 건 아니었으니까. 연주 씨도
지나친 부탁을 한 거지만, 그 부탁을 과하게 받아들이는 것도,
그래서 두 배로 더 불편해하는 것도 나였다.

 다행히 주말에는 재림이 같이 있어서 조금 수월하게 하지를
돌볼 수 있었다. 재림은 우리 집 고양이를, 나는 하지를 전담
마크했다. 최대한 두 개체가 서로 마주치지 않게 하기 위해
동선을 짰다. 나와 하지는 현관에서 가장 가까운 방에서
지냈다. 벽지 한쪽 면이 점점 들뜨는 작은방이었다. 잠을
안 자고 버티면서 계속 놀아 달라는 하지에게 나는 일부러

벽지 쪽으로 유인해 물어! 뜯어 버려! 하고 장난을 쳤다. 닫힌 방문 너머, 우리 집 고양이가 생전 내지 않던 날카로운 목소리로 밤새 울어 댔고, 덕분에 재림과 나는 주말 내내 편히 잠을 자지 못했다. 주인집 개 산책시켜 주다가 하루 다 갔네. 하지와 함께 남대천 길을 걷던 중에 잔뜩 피곤한 얼굴의 재림이 말했다. 듣고 보니 틀린 얘기도 아니어서 괜히 미안해졌다.

너는 거절하는 법을 좀 돈 내고라도 배울 필요가 있어. 애처럼 훈련해, 훈련.

나는 배변 봉투를 미리 뒤집어 까면서 하지가 용무를 다 마칠 때까지 기다렸다. 훈련이 필요하다. 맞는 말이었다.

연주 씨는 제주에서부터 가져온 천혜향 한 박스를 선물로 건넸다. 그거 말고도 동백꽃이 들어간 샴푸며 뭐가 더 있었는데, 나는 이거면 된다고 하며 귤만 몇 알 챙겼다. 덕분에 편히 다녀왔어요. 너무 고맙고 미안해서 어쩌죠. 연주 씨가 아쉽다는 듯 뭔가를 더 말하고 싶어하는 눈치였는데, 나는 시간이 더 늘어지지 않게끔 한 박자 빠르게 손을 흔들며 작별 인사를 했다.

그날 이후로 연주 씨와는 조금 거리를 두게 되었다. 하지는 너무 귀엽지만, 계속 귀엽게 보려면 조금 떨어져 있을 필요가 있었다. 겨울이 오고 있었고, 바닷가 근처만 가도 매섭게 불어오는 칼바람 탓에 서 있기조차 힘든 날씨를 핑계 삼아 달리기 모임은 자연스레 미뤄졌다. 가끔 연주 씨로부터 단팥죽을 먹자거나 영화를 보러 가자는 연락이 왔지만, 그때마다 나는 밀려 있는 일이 많다며 정중하게 거절했다. 연주 씨는 딱히 실망한 기색을 내보이진 않았다. 그냥 많이 바쁜가 보네요, 하고 말았다. 연주 씨와는 구정 때 주고받은 새해 인사를 마지막으로 연락이 끊겼다.

  한겨울에는 오후 4시만 되어도 그새 어둑해졌다. 마치 온 동네가 겨울잠을 자는 것 같았다. 그래서 더 집에만 틀어박혀 지냈는데, 하루는 너무 말을 안 하는 것 같아 일부러 소리 내어 혼잣말했다. 심심하면 일기를 썼다. 자극되는 게 하나도 없어 좋기는 한데, 그게 또 너무 갑갑하다, 뭐 그런 얘기. 그럴 때면 연주 씨와 해변 데크를 달리던 가을밤이 떠올랐다. 잘 알지 못하는 사람과 익숙지 않은 동네를 탐색하듯 돌아다니던 장면들이 지난 지 제법 오래된 일처럼 느껴졌다. 유유히 밤의 국도를 달리며 듣던 음악이나 매일 물색이 달라지는 해변을 오롯이 공유했던 사람이 연주 씨였다는 걸 나는 긴 겨울밤에 문득 깨달았다. 물론 연주 씨는 그냥 모르는 사람은 아니었지만, 그래도.

  봄을 맞이해 대청소를 하다가, 작은방 벽지가 이전보다 더 심하게 들뜬 것을 보았다. 한번 들뜬 벽지는 시간이 지나면서 점점 더 부풀어 오른다더니, 애초에 그냥 도배를 할걸 그랬다.
  벽지는 입주 전부터 들떠 있었다. 연주 씨네 짐이 빠지기 전까지는 책장에 가려져 있어 알지 못했다. 현관 앞 작은방은 연주 씨가 서재로 쓰던 방이었다. 길쭉한 원목 책장에는 문학이나 만화책은 거의 없었고, 자기 계발서나 특정한 시기에 유행했던 교양 저서들이 다수였다. 한쪽에는 파일링된 서류철들이 빽빽하게 정렬되어 있었는데, 그걸 보며 나는 연주 씨가 꽤 오랫동안 직장 생활을 해 왔을 거라고 짐작했었다.

당장 그다음 날 새 가구들이 들어오는 일정이라서 도배를 하기에는 마땅치가 않았다. 나는 곧장 사진을 찍어 연주 씨에게 전송했다. 나중에라도 오해를 받고 싶지 않았다. 고양이가 아무 데나 오줌을 싸서 그런 게 아니냐며 괜한 트집을 잡을 수도 있었으니까. 연주 씨는 미리 신경을 못 써 미안하다고 했다.

[그럼 못 구멍 하나를 더 내도 될까요? 도배 안 하는 대신……]
나는 딱히 못질할 것도 없었으면서 일단 질러 보았다. 한참이 지나 다른 일에 정신이 팔린 사이에, 연주 씨가 요구에 응하겠다는 답신을 보내왔다. 달갑지는 않은 말투였다. 집에 이미 뚫려 있는 못 구멍은 세 군데였고, 내 몫으로 받아 낸 것까지 총 네 개였다. 처음 집을 보러 간 날, 연주 씨가 방마다 돌아다니며 이미 나 있는 구멍을 하나씩 확인하듯 보여 주고는 못질은 절대 하지 말아 달라고 요청한 게 내심 거북해져서, 그래서 그냥 고약하게 굴었던 것 같다. 임대인을 대하는 세입자의 알량한 저항감 같은 게 반사적으로 튀어나왔을지도.

초봄의 어느 날, 연주 씨가 보낸 것으로 추정되는 화분이 현관문 앞에 놓여 있었다. 건조한 환경에서도 잘 자란다며 선물용으로 많이 찾는다는 스투키라는 식물이었다. 두꺼운 원기둥 모양의 잎사귀 사이에는 작은 카드가 꽂혀 있었다.

[이제 슬슬 달려 볼까요?]

검색해 보니 스투키는 고양이에겐 유해한 식물이었다. 임시방편으로 화분을 베란다로 격리하고는 바깥 창문을 열었다. 화분 위로 제법 따뜻해진 봄볕이 가득했다. 조그마한 화분 옆에 나란히 앉아 등 쪽으로 볕을 쬐면서 나는 연주 씨가 보내온 카드를 다시 읽었다. 역시 연주 씨는 섬세한 편은 아니었다. 그럼에도 그 독성 있는 스투키가 조금 반가웠던 건 연주 씨가 공부방을 열었다는 소식을 함께 전해 왔기 때문이었다.

그날 저녁, 나는 재림에게 아무래도 연주 씨가 마스터키를 갖고 있는 것 같다는 우스갯소리를 했다. 분명 입주할 때 공동현관 비밀번호를 새로 설정했는데, 어떻게 집 앞까지 올라온 거지? 그러자 재림은 망상에 가까운 추리를 잔뜩 늘어놓았다. 연주 씨가 집에 몰래 CCTV를 설치했을지 모른다고.

네가 없을 때마다 불시에 들어와서 점검했을 거야. 부엌 조명도, 싱크대 수전 바꾼 것도 이미 다 알고 있을걸? 어디에 못질했나 계속 찾으러 다니겠지. 어쩌냐 아직 뚫지도 않았는데.

그렇게 한참을 낄낄대며 웃다가,

아무래도 연락을 해 봐야겠지? 하고 내가 묻자,

마음 가는 대로 하세요, 하고 느긋한 목소리로 답했다. 당연하게도, 화분은 택배로 보내온 것이었다.

다음 달이면 재림의 파견 근무가 끝난다. 그때 맞춰서 면허를 딸 작정으로 운전 학원에 등록했다. 내 생활은 그다지 달라진 게 없다. 오전에는 대체로 책상에 앉아 멀거니 창밖을 내다보고, 늦은 오후가 되면 해변을 따라 걷는다. 어느덧 이곳에 온 지도 1년이 지났다. 이제는 꽤 익숙해진 동네 정경 곳곳에서 개를 데리고 걷는 사람을 보면 혹시 연주 씨와 하지가 아닐까 하며 빼꼼히 고개를 내밀게 된다. 그러면서 드는 생각. 하지는 중성화 수술을 잘 끝냈을까. 아직도 밤 산책을 연주 씨 혼자 다 하려나. 자영업은 배짱이 필요하다더니, 해내셨군요, 연주 씨. 수업이 없는 시간에 연주 씨는 보통 무얼 하나요. 남편도 시부모님도 없이 오롯이 혼자 있을 수 있는 장소에서 연주 씨는 무슨 생각을 하고 있나요. 나도 연주 씨처럼 배짱과 결기가 필요한데, 어떻게 하면 될까요⋯⋯. 화분을 받은 뒤로, 아직 연주 씨에게 연락을 하지 못했다. 다만 이제 정말 봄이 되었으니, 다른 말 없이 딱 세 글자만 보내야지. 궁금한 게 많지만, 묻지 않기로 했으니까. 여기 사는 동안만큼은. 그래도,

[될까요?]

선선한 사이

작가 노트

이 소설을 쓸 무렵에 제 생활은 '양지'와 비슷했습니다. 웬만하면 부딪히거나 시달리고 싶지 않다는 마음, 당분간은 무엇과도 밀접해지고 싶지 않다는 마음, 의식적으로라도 사건을 발생시키지 않고 싶은 마음. 그러나 아무리 밀도를 낮추고 거리를 넓힌다 할지라도, 새롭게 만나게 되는 사람이 있고, 산책을 하다 우연히 마주하게 되는 장면이 있고, 때로는 예기치 못한 반가움을, 별수 없이 찝찝한 기분이 들게 하는 순간도 더러 있었습니다. 그럼에도 구태여 더 친해지지 않으려고, 조금은 멀찍이 있으려고 애를 써 보는 시간이 때때로 필요하지 않은가, 그런 생각을 하면서 지난봄을 보냈습니다. 요즘 읽은 책에서 우연히 이 문장을 보고 문득 반가웠습니다. "앨런은 달리다가 멈춰 서서 숨 고르기를 반복했는데, 달릴 때든 멈출 때든 앞으로 나아가고 있었다."[1] '양지'에게도, '연주 씨'에게도 허용되는 문장 같았습니다. 소설 속에서 창밖을 바라보며 숨을 가다듬던, 홀로 온 여행객들에게도요. 관계에 적정선이란 게 있을까요? 저는 회의적입니다만, 그럼에도 얼마간 '양지'의 태도를, 궁금하긴 해도 더 묻지 않는 방식을 따르려 합니다. 타인에게도, 제 자신에게도. 그러다 보면 어느덧 선선한 가을날이 와 있을 것입니다.

---

[1] 에드나 오브라이언, 『8월은 악마의 달』, 임슬애 옮김, 민음사, 2024, 142쪽.

미와와 우란 혹은 워스트 드라이버

함윤이

미와는 그 차를 우 과장에게서 샀다. 앞코가 동글고 뒷부분이 납작한 차였다. 판매 사이트 소개란에는 경쾌한 체리 컬러로 칠했다고 적혀 있었지만, 실제로는 시든 열매 같은 적색이었다.

그 차의 모델은 12년 전 처음 생산되었다. 몇 번의 세대교체와 페이스리프트를 거쳤으며 4년 전에 단종됐다. 그렇더라도 중고 시장에서는 여전히 활발히 판매 중인 데다 전국 곳곳의 카센터에 부품이 남아 있으니, 고장이 나도 큰 문제는 없을 것이라고 우 과장은 말했다.

미와로 말하자면 그런 사정쯤이야 아무래도 상관없었다. 케이카나 엔카 같은 중고차 플랫폼 또는 네이버와 다음 카페, 당근마켓까지 수없이 뒤져 보았으나, 우 과장만큼 싼값에 차를 내놓은 사람은 없었다. 더구나 과장은 차를 성실하게 관리하는 사람이었다. 반년 전 미션 오일과 브레이크 오일을 교체했으며 타이어도 4개 모두 갈아 끼웠다. 한 차례 사소한 접촉 사고를 제외하면, 부품을 갈 정도로 크게 손상된 적 역시 없다고 했다.

무엇보다 미와는 그 차가 좋았다. 우중충한 색깔에 오래된 모델이긴 해도 어딘지 정감이 갔다. 조수석에 탈 때마다 맡은 계피 향 때문인지도 몰랐다. 의자나 운전대에 열선은 없었지만, 우 과장이 깔아 둔 보온 방석이 제 몫을 했다. 과장은 차를 팔면서 보온 방석과 함께 화강암 모양의 방향제, 문콕 스티커와 휴대폰 거치대까지 넘겨주었다.

거래를 끝낸 뒤에야 미와는 물었다. 정말 이렇게 싸게

파셔도 돼요? 우 과장은 그렇다고, 본인도 중고로 싸게 산 차인데 미와 씨에게 더 받아 봤자 무엇하겠냐고 말했다. 고마워서 어쩌죠, 하는 말에는 점심이나 사라고 답했다. 미와는 곧장 말했다.

오늘 드시러 가시죠.

본래 그들은 격주에 한 번씩 함께 점심을 먹었다. 우 과장의 차를 타고 2, 3킬로미터 너머의 식당가에 가는 게 주된 코스였다. 걸어가기에는 멀고 험한 길이었으나 차를 타면 금세 목적지에 도착했다. 두 사람은 지난 몇 번의 계절 동안 냉면이나 우동, 해장국 혹은 팟타이, 된장찌개 또는 샌드위치 따위를 나눠 먹었고, 커피나 홍차 아니면 코코아 등으로 마무리했다.

그날 두 사람은 중식당에서 정식 세트를 시켰다. 제법 큰맘을 먹어야 주문할 수 있는 값이었다. 먼저 나온 우롱차를 마시며 우 과장은 말했다.

사실 좀 걱정돼요. 이상한 소문이 돌까 봐.

찻잔에서 피어오른 김이 과장의 안경알에 맺혔다. 양쪽 눈이 하얗게 변한 그를 보며 미와는 웃었다. 걱정하지 말라고도 했다. 앞으로 차로 출퇴근할 기쁨에 비하면 그런 헛소문쯤이야 별것 아니라고.

우 과장이 무얼 걱정하는지는 미와도 잘 알았다. 평소에도 회사 동료들은 두 사람이 어떤 사이인지 자주 물었다. 둘이 밥을 자주 먹어요? 친한가요? 어떻게, 왜, 어째서? 영업부 남과장과 디자인부 여사원이 대관절 무슨 얘기를 나누며

점심을 먹느냐고도 했다. 최근 개봉한 영화나 유행하는
TV 프로그램 등을 주제로 얘기한다고 하면 눈썹이나 입술을
꿈틀댔다. 둘이 취향이 비슷해? 세대 차이가 크지 않던가?
미와는 질문하는 이들이 정말 궁금해하는 것은 두 사람
사이에 섹스가 있었는지 없었는지임을 알았고, 그렇기에 더욱
고집스레 말했다. 과장님은 세대 차가 문제없을 만큼 대화가
편안한 동료이며, 알찬 업무 조언을 해 주는 선배이기도
하다고. 실상 둘이 일 이야기를 나눈 적은 많지도 않은데
구태여 그렇게 말했다.

 미와가 이토록 싼값에 차를 샀다는 게 알려지면 소문은
한층 다채롭고 풍성해질 터였다. 그러니 실제 산 돈의 3배를
줬다고 하세요. 막 나온 전채를 먹으며 우 과장이 말했다.
미와는 자차이를 씹으며 물었다. 과장님이 욕먹지 않을까요?
우 과장이 입을 닦으며 웃었다.

 내일이면 그만둘 사람인데 무슨 상관이겠어요.

 휴지로 문지른 후에도 번들대는 과장의 입술을 보며,
미와는 생각했다. 회사 사람들의 수군거림은 정말로
헛소문인가? 내가 저 사람에 관해 한 번이라도 다른 생각,
속셈을 품은 적이 없었나?

 우 과장은 영업부 남자 중에서 두 번째로 키가 컸다. 어깨가
딱 벌어져 코트도 잘 어울렸다. 미와가 궁금해하는 극장이나
미술관 들을 여러 차례 다녀왔으며, 위시리스트에 담아 놓은
드라마 시리즈도 줄줄이 꿨다. 그들은 나란히 또는 마주 앉아
밥 먹으며 유럽의 시네마테크나 경주박물관 상설전,

HBO 시리즈를 비롯한 각종 이야기를 나눴다. 우 과장은 언제나 미와에게 존댓말을 썼고, 과장된 태도 없이 물잔과 수저를 챙겨 주었다. 그럼에도 그에게 끌린 적이 전혀 없었던가? 불쑥 찾아온 물음들은 본식이 끝나고 토마토를 절여 만든 디저트가 나올 때까지도 사라지지 않았다.

 디저트를 먹으며 연거푸 우롱차를 마신 미와가 화장실에 다녀왔을 때, 우 과장의 자리는 비어 있었다. 막 그릇을 치우던 직원이 말했다. 방금 나간 분이 계산하셨어요.

 그는 문 앞에서 담배를 피우고 있었다. 제가 밥 사 드리기로 했잖아요. 미와의 말에 과장이 웃었다. 다음에 사세요, 다음에. 미와가 소리쳤다. 퇴사자가 무슨 다음 약속이에요. 우 과장은 또다시 미소 지었다. 담배를 피우는 옆얼굴을 보며 미와는 문득 서글퍼졌다. 그를 향한 마음이 어떤 종류건 간에, 미와는 우 과장을 무척이나 좋아했던 것이다.

 그 주 주말, 우 과장은 그 차를 몰고 미와의 집 앞까지 왔다. 잘 작동하는지 확인부터 해 보라고 말한 다음 조수석으로 옮겨 탔다. 미와는 운전석에 앉아 이런저런 장치를 더듬어 보았다.

 미와는 이미 몇 번의 운전 연수를 마쳤다. 연수에 임할 때마다 차의 시동을 걸기 전 해야 할 일을 연습했다. 그런데도 직접 시행하는 순간은 늘 어색했다. 먼저 좌석과 등받이를 몸에 맞추고 안전띠를 맨 뒤, 룸미러와 사이드미러를 번갈아 확인했다. 브레이크를 밟고 시동을 켜자 계기판이 흰빛으로 반짝였다. 대시보드 중앙의 스크린에 글자들이 떠올랐다.

시스템 사용 중 전방 주시에 부주의할 경우
타인 및 본인에게 상해 또는 사망에 이르는 사고를 야기할 수 있습니다.
운전에 집중하세요.

미와는 고개를 끄덕이고 심호흡했다. 양손으로 운전대를 붙들었다. 그가 액셀러레이터를 밟으려는 순간 우 과장이 외쳤다.

미와 씨, 사이드브레이크.

미와가 집 주위를 몇 바퀴 돈 후 멈췄을 때 우 과장은 말했다. 운전 연수 두세 번은 더 받으세요, 알겠지요? 미와가 한 번 더 고개를 끄덕였다. 과장은 몸을 틀더니 미와와 오래도록 시선을 맞췄다. 미와는 침을 삼켰다.

미와 씨.

네?

한 가지 약속합시다.

무슨 약속이요?

운전하면서 욕하지 않기로.

저 원래 욕 많이 안 해요.

운전하다 보면 하게 될 거예요. 원래 그래요. 그래도 이 차에선 욕하지 마세요. 본인도 모르는 새 했다손 쳐도, 남을 저주하는 말은 절대로 하면 안 돼요. 정 누굴 욕하거나 저주하고 싶다면 차에서 내린 다음에 하는 거예요. 알겠지요? 약속하세요.

우 과장의 얼굴에는 아무런 웃음기도 없었다. 미와 혼자서만 헛웃음을 흘렸다. 잠시나마 그가 고백하면 어쩐담, 생각하던 스스로가 겸연쩍었다. 그렇지만…… 왜요? 미와가 묻자 우 과장이 룸미러 뒤에 매달린 블랙박스를 두드렸다.

여기 다 녹음됩니다.

아하…….

나중에라도 듣게 되면 얼마나 창피한지 몰라요. 존엄성이 떨어지는 느낌입니다.

우 과장은 재차 말했다. 알겠지요? 약속하는 겁니다. 미와가 손가락을 내밀었다. 약속, 약속, 하는 말이 두어 차례 오고 간 후에야 우 과장은 표정을 풀고 차에서 내렸다. 따라 내리는 미와를 향해 그가 외쳤다.

이번에도 빼먹었어요, 사이드브레이크. 까먹으면 안 돼요.

도로 저편에서 예약 등을 켜 둔 택시가 다가왔다. 우 과장이 부른 것이었다. 사이드브레이크를 잠그고 나오는 미와에게 과장은 말했다. 안전 운전하세요. 안전이 최곱니다.

미와는 최선을 다해 우 과장과의 약속을 지켰다. 사이드브레이크를 잘 채우거나 풀었고, 4번의 운전 연수를 받았다. 순식간에 28만 원이 빠져나갔지만, 그럴 가치가 있었다. 짙은 눈썹 문신을 한 강사는 미와의 손 떨림과 오른쪽 차선을 종종 넘나드는 버릇 그리고 클랙슨 소리에 지나치게

위축되는 습관 들을 지적했다. 사람이 가득한 골목을 통과하던 미와가 끙끙 앓자 적갈색 눈썹을 긁으며 말했다.

남자 친구한테 다음에 한번 같이 봐 달라 해요. 오른쪽을 너무 안 보네.

미와는 그러겠다고 답했다. 남자 친구가 없다거나, 봐 줄 사람이 필요해서 당신한테 돈을 낸 것이라는 말 따위는 하지 않았다. 그 같은 말에서 시작할 법한 대화야말로 미와가 제일 원치 않는 것이었다.

종종 쓸데없는 말을 하긴 해도, 강사는 꽤 상냥한 사람이었다. 마지막 연수에서 굽잇길을 돌던 미와가 연석 위에 올라섰을 때도 그는 웃으며 말했다. 괜찮아, 다들 이러면서 배워요. 출퇴근하다가 보면 금방 늘 거야. 미와는 떨리는 손으로 후진하며 물었다. 정말요? 정말 늘어요? 강사는 그럼, 하고 말하더니 당일 수업이 끝날 때까지 본인이 겪은 각종 워스트 드라이버 이야기를 해 주었다.

이야기의 주인공들은 대개 여자였다. 그들은 한참 먼 거리의 회사에 다니거나 갓 초등학생이 된 아이를 등교시키기 위해 운전을 시작했다. 여자들은 운전대를 땀으로 흠뻑 적셨고 종종 눈물을 흘렸으며 텅 빈 도로를 향해 고함을 질렀다. 간혹 불같은 성질로 운전대를 마구 비트는 젊은 남자들이나, 외국에 오래 머문 탓에 역주행을 거듭하는 중년 사내들이 악역으로 끼어들기도 했다. 강사는 말했다. 그런 사람들도 도로 잘만 다녀. 운전은 해 봐야 늘거든. 곧 그가 덧붙였다.

그리고 차 한번 타고 다니면, 이전으로 못 돌아가요.

그건 분명 맞는 말이었다. 운전을 시작한 첫 주에 미와는 그 사실을 깨달았다. 집에서 회사까지의 거리는 약 28킬로미터. 대중교통을 이용하면 1시간 30분을 족히 들여야 했으나, 차를 타면 40여 분 만에 도착할 수 있었다. 전보다 반 시간 늦게 잠자리에서 일어나며 미와는 생각했다. 내 인생에 1시간이 더 생긴 거야. 그동안 나는 요리도 할 수 있고, 산책을 즐기거나, 책을 읽고, 영어 단어를 외울 수도 있어…….

물론 생각처럼 쉽지는 않았다. 그 주 주말 미와는 몸살과 근육통으로 앓아누웠다. 운전석에서 켜켜이 쌓이던 긴장은 휴일이 되자마자 해일처럼 그를 덮쳤다. 주말의 6시간이 잠 속으로 사라졌다. 감은 눈꺼풀 속에서 꽉 막힌 교차로, 클랙슨을 올리는 거인 같던 버스와 화물차, 느린 속도를 참다못해 그를 앞지른 초록색 번호판의 차량 들이 스쳐 갔다. 이미지들은 가위처럼 미와를 내리눌렀다. 미와는 딴딴하고 묵직한 수치심 속에서 땀 흘리고 헥헥거렸다. 도로에서, 차들의 광장에서, 자신이 얼마나 굼떴는지 여러 번 곱씹었다.

그다음 주 미와는 후면 범퍼에 붙일 초보 운전 스티커를 하나 더 샀다. 눈물 고인 얼굴이 그려져 있어 다른 운전자에게 제 마음을 조금이나마 전달할 수 있을 듯했다. 실제로 그는 차 안에서 몇 번을 울었다. 은색 세단이 어마어마한 경적을 울리며 순환도로에 끼고자 갈팡질팡하던 미와를 추월한 순간, 그를 지나친 차에서 튀어나온 얼굴이 욕설이 분명한 소리를 내지른 때, 주차장의 유일한 빈자리였던 이사의 벤츠와 차장의 미니쿠퍼 사이로 차를 욱여넣던 아침⋯⋯.
그때마다 미와는 시야를 흐트러뜨리지 않도록 애쓰며 울었다.
겨드랑이와 등, 목덜미는 흠씬 축축해졌고 이내 쉰내를
풍겼다. 그럴 때면 차 안에서 욕하거나 저주를 퍼붓지 말라던
우 과장과의 약속이 얼마나 어려운 것인지 새삼 실감이 났다.

운전은 해 봐야 는다던 강사의 말 또한 틀리지 않았다.
운전을 시작한 지 2개월가량 지나자 출퇴근길의 도로는
미와에게 퍽 익숙한 장소로 변했다. 언제 차선을 바꾸고
또 우회전해야 하는지 익혔고, 외제 차가 주로 시비를 거는
지점들도 외웠다. 주유소 키오스크 앞에 서서 경유와 휘발유
중 무엇을 누를지 머뭇대지도 않았다. 계기판의 주행거리가
쌓이는 만큼 미와가 흘리는 땀과 눈물은 줄어들었다.
 그는 매일 느지막이 잠자리에서 일어났다. 우 과장이 남겨
둔 방향제 향을 맡으며 시동을 켰다. 퇴근길에는 성탄절
플레이리스트를 틀고 차창 너머로 빠르게 스치는 가로등
불빛을 바라보았다. 운전을 끝낸 후에는 차에서 내려 열 오른
보닛에 손바닥을 붙인 채 서 있기도 했다.
 그쯤 되니 본가에 다녀올 작정이 섰다. b시에 있는 본가는
전철역과도 버스 터미널과도 가깝지 않아 대중교통으로
가려면 마을버스를 두 번, 광역 버스를 한 번씩 타야 했다.
1시간 30분이 훌쩍 넘는 이동 시간은 자동차를 타자 3분의
1로 줄어들었다. 어머니가 한 아름 안겨 준 김장김치며 각종
액젓도 냄새나 무게 걱정 없이 옮길 수 있었다. 등 대신

뒷좌석에 짐을 이고 오며 미와는 생각했다.
　나 거의 어른 다 됐어.
　운전석 창을 열자 갓 겨울에 접어든 찬 공기가 스며들었다. 삼거리 신호등에서 노란 불빛이 깜빡였다. 미와는 부드럽게 브레이크를 밟았다. 이전에 몇 차례, 예비 신호에서 무리하여 교차로를 지나려다가 주먹 같은 경적들과 맞닥뜨린 적 있었다. 그 뒤로는 노란불이 보일 때마다 홀로 되뇌었다.
　천천히 해, 괜찮아.
　이번에 미와는 제대로 멈춰 섰다. 뒤따라오던 차들도 마찬가지였다. 그의 바로 뒤에서 달리던 오토바이만이 멈추지 않고 직진했다.
　오토바이는 미와의 차와 비슷한, 풀 죽은 자주색이었다. 뒷좌석에는 거대한 상자를 매달고 있었다. 오토바이는 미와의 차가 멈추자 잠시 속도를 줄였다가, 도로 가장자리로 미끄러지더니 그를 추월해 지나갔다. 헬멧을 쓴 얼굴이 운전석 창틈 너머 미와의 얼굴을 곁눈질했다.
　오토바이가 교차로를 지나려던 순간 적신호가 번쩍였다. 좌회전 도로의 차들이 경적을 울렸다. 오토바이는 머뭇거리다가 느리게 후진했고, 곧 멈춰 섰다. 운전자가 좌우로 머리를 흔들더니 오토바이에서 내렸다. 그는 몸을 돌려 미와의 차로 다가왔다. 곳곳에 흠집이 난 헬멧이 운전석 옆에 멈췄고, 장갑 낀 손이 차창 끄트머리를 잡았다. 그의 손가락 절반은 이제 차 안에 있었다.
　운전자가 헬멧을 벗었다. 미와 또래거나, 그보다 조금 더 어려 보이는 남자였다. 타이어처럼 까만 눈동자가 미와를 위아래로 훑었다.

당신…….

남자가 말했다.

아까 초록불이었잖아. 왜 멈췄어요?

노란불이라 멈춰 선 거예요.

초록불이었거든요. 그쪽이 안 가고 꾸물거려서 나도 못 갔잖아요.

아니에요. 노란불로 바뀌어서 멈췄어요. 착각하신 것 같아요.

당신 때문에! 남자가 뒤편의 차 행렬을 삿대질하며 외쳤다. 당신 때문에 지금 다들 기다리고 있잖아. 당신 때문에 여기 있는 차들 모두 시간을 낭비하고 있어.

미와가 미소 지었다. 그 표정만이 유일한 선택지처럼 느껴졌다. 정색하거나 마주 소리를 지르면, 얕게 열린 창틈으로 손가락보다 더욱 끔찍한 상황이 밀려들 것 같았다. 전 안 그랬어요, 착각하신 것 같아요……. 미와의 말에 남자가 한 번 더 고함을 쳤다. 아니, 당신 잘못이야!

남자는 뒤돌아 걸어갔다. 그가 다시 오토바이에 올라타자 짐칸의 상자가 양옆으로 흔들렸다. 상자는 오토바이의 균형을 당장이라도 무너뜨릴 듯 컸고, 또 무거워 보였다. 뒷면에 각종 식당과 슈퍼마켓의 전화번호가 적혀 있었다.

곧 신호등이 녹색으로 바뀌었다. 미와가 천천히 출발했다. 오토바이는 눈앞에서 달리고 있었다. 굽이를 돌 때마다 휘청대는 기계와 그 위의 몸뚱이 모두 연약해 보였다. 그야말로 무방비로 허공에 노출된 존재였다. 제대로 들이박는다면 경차로도 충분히 부서질 터였다.

　나는 제대로 멈췄어.

　미와는 작은 등을 보며 중얼거렸다.

　맞아, 나는 제대로 운전했지. 신호도 지켰어. 내 문제가 아니야. 저놈 문제야. 저 남자는 운전석의 내 얼굴을 봤지. 그래서 온 거야. 화풀이해도 내가 찍소리 못 하리란 걸 알고.

　운전대를 잡은 손등 위로 힘줄이 섰다. 혀 위에서 소리 없이 구르던 말이 에어백처럼 터져 나올 것 같았다. 미끄러져라, 넘어져, 잘못 틀어서 어딘가에 부딪혀 버려, 타이어가 터지거나 멀리서 날아온 돌멩이가 윈드스크린을 꿰뚫길…… 종래에 한마디가 입술을 비집고 나왔다.

　개자식.

　새로 나타난 신호등이 또 노란색으로 바뀌었다. 거의 마지막 순간에야 미와는 브레이크를 밟았다. 온몸이 덜컹대며 차가 멈춰 섰다. 사람들이 길을 건너기 시작했다. 자주색 오토바이는 교차로를 지나 멀리 사라졌다. 미와는 입술을 더듬었다. 그 안에서 오가던 저주가 무슨 의미인지 깨닫자 몸이 떨리기 시작했다.

　집에 오자마자 미와는 전화부터 걸었다. 신고 전화를 받은 경찰의 목소리에서 난처함이 묻어났다. 분명 시동을 끄지 않은 채 오토바이에서 내린 것은 불법이지만, 차창을 두드리고 소리를 지른 행위만으로는 처벌하기 어렵다고 했다.
 혹시 운전자가 욕을 했나요? 뭔가 물리적인 위협을 가했거나…….
 미와는 여전히 귀청에 맴도는 말들을 되새겼다.
 아니, 욕하진 않았어요. 하지만 소리를 질렀고 저를 노려봤어요. 제게 겁을 주려 했고 실제로 굴욕을 느꼈지요. 자기가 원하는 속도로 가지 못했다고 다른 사람을 위협하는 게 말이 되나요?
 경찰은 그것만으로는 죄가 성립하지 않는다고 했다. 분명 불쾌한 행위이지만, 공식적인 죄가 성립되려면 몇 가지 요건이 더 필요하다는 것이었다. 오토바이 운전자는 그 요건들을 정확히 피해 갔다. 솜씨도 좋았다!
 도로에는 또라이가 많아.
 잇따른 통화에서 어머니는 말했다. 속상한 마음이야 알겠으나 하나하나 신경 쓰면 나중에는 도로에 나가는 일 자체가 무서워질 것이니 액땜한 셈 치라는 말도 덧붙였다.
 이후 미와는 한층 예민해졌다. 바로 앞에서 노란불이 켜지면 허겁지겁 교차로를 건넜다. 어떤 상황에서도 운전석 창은 내리지 않았으며, 인터넷으로 산 야구 배트를 조수석에 올려 두었다. 만일 앞으로 누군가 창 안쪽의 미와를 본다면 그 옆에 놓인 방망이까지 보게 될 터였다.
 블랙박스는 차마 보지 못했다. 영상에 섞인 목소리들을 들을 엄두가 나지 않았다. 앞에서 달리던 운전자의 등을 보는 일은 더욱 두려웠다. 미와의 차에 비하면 몹시 왜소하던, 뼈와

살과 고통으로 이뤄져 있을 등. 겨울날에도 땀에 흠뻑 젖어 무언가를 바삐 옮기던 몸. 그걸 보면 남자가 왜 그런 짓을 하는 사람이 됐는지, 무슨 이유로 그토록 조급했을지 누차 묻게 될 것 같았다. 미와는 그러고 싶지 않았다. 그저 마음껏 미워하고 싶었다.

 강사의 말처럼 어머니의 조언 역시 옳았다. 도로에는 이상한 작자가 많았다. 깜빡이를 켜지 않고 마구잡이로 끼어드는 차야 흔했고, 양쪽 차선이 비었음에도 미와의 차 뒤꽁무니만 쫓으며 거리를 좁히는 대형차도 여럿 만났다.
 그러나 가장 견디기 어려운 작자는 도로가 아닌 주유소에 있었다. 다른 이들이 도로에서 어쩌다 마주하는 불운이라면, 주유소의 작자는 주기적으로 만나야만 한다는 점에서 불행에 더 가까웠다.
 미와는 보통 사흘에 한 번, 주로 이른 아침이나 저녁 무렵 그 주유소에 들렀다. 그곳은 출퇴근길에 놓인 유일한 주유소였으며 시내의 다른 주유소보다 몇십 원씩은 더 쌌다. 그곳의 단점은 흉측한 팥죽색 벽과 주유기 옆에 대기하는 남자, 두 가지뿐이었다.
 남자가 사장인지, 아르바이트생인지, 그도 아니면 직원인 체하며 거기 상주하는 얼간이인지는 알 길이 없었다. 어쨌거나 그는 늘 주유소를 지켰다. 감색 선글라스와 검은 모자를 삐뚤게 쓴 채로 주유기를 마주하며 서 있었다. 미와가 주차할 때마다 그는 코를 문지르며 소리 질렀다. 더 앞으로 가라고요! 한 손을 휘두르며 외치기도 했다. 후진 좀 해요, 주유 건 위치 안 보여요? 남자의 시선은 미와가 주유 후 영수증을 끊을 때까지 끈덕지게 따라다녔다.

그 선글라스 쓴 남자? 나한테는 한 번도 그런 적 없는데. 말수 자체가 없더만.

옆 동네에 사는 황 대리에게 그 말을 들은 이후, 미와는 남자가 더 미워졌다. 하지만 감히 그것을 티 낼 자신은 없었다. 주유소에 가지 않는다는 선택지에는 쉬이 눈이 가지 않았다. 거기 있는 이의 눈길이 불쾌하거나 말투가 거슬린다는 이유로 들르지 않기에는, 주유소 위치나 매번 50원가량 싼 기름값이 너무 매혹적이었다.

좋게 생각하자. 미와는 거듭 마음먹었다. 덕택에 정밀하게 주차하는 법을 배울지도 모르잖아. 주차 선생이라고 생각하는 거야, 비록 말투나 태도 모두 쓰레기 같긴 해도…….

하나 그러한 자기최면은 곧 갈 길을 잃었다. 당해 겨울 중 가장 많은 비가 쏟아진 날에 벌어진 일 탓이었다. 그날, 일이 터진 바로 그 밤에, 미와는 우 과장과의 약속을 처음으로, 또 제대로 어기고 말았다.

그 밤을 지나가면서 미와는 몇 번이나 생각했다. 아침의 재난 경보를 무시하지 않았다면 어땠을까? 그날 아침 미와의 휴대폰은 연달아 세 번 울렸다. 저녁에 내릴 폭우에 대비하라는 재난 경보였다. 안전 안내 문자의 마지막 행에는 대중교통을 이용하라는 조언이 적혀 있었다.

미와와 우란 혹은 워스트 드라이버

그러나 눈을 떴을 때는 이미 8시가 지나 있었다. 창밖의 빗줄기는 아직 가늘고 흐릿했다. 버스를 두 번 갈아타고 빗속을 걷는다면 30분 가까이 늦을 터였다. 미와는 옷만 갈아입고 곧바로 차에 올라탔다. 평소보다 더 빠르게 굽잇길을 돌고 몇 차례 노란불을 지나쳐 8분 정도 늦게 회사에 도착했다. 상사와 눈을 마주치지 않으려 고개를 숙인 채 사무실로 들어섰다.

빗발은 서서히 굵어졌고 퇴근 시각에는 작은 송곳처럼 변했다. 주차장을 나서자 빗줄기가 차 지붕을 깨뜨릴 듯 두드렸다. 와이퍼가 지나간 자리마다 터지고 번지는 물방울을 보며 미와는 되뇌었다.

침착해. 천천히 가, 천천히…… 안전이 최고니까.

고속도로에 놓인 모두가 비슷한 마음인지 퇴근길은 더디게 이어졌다. 미와는 차라리 안도했다. 다 같이 굼벵이가 되는 쪽이 위태로운 질주보다 나았다. 도로 위의 모두가 느린 속도와 안전거리를 지키는 일이 묘하게 즐겁기도 했다. 쏟아지는 빗방울 속에서 라디오 방송을 듣고, 방향제의 계피 향을 맡는 일도 그리 나쁘지 않았다.

그러나 기나긴 차들의 행진으로부터 빠져나와 나들목을 넘어갈 즈음 빗줄기는 한층 거세졌다. 더는 어떤 여유도 느끼기 어려울 만큼 힘센 폭우였다. 작은 송곳 같던 빗방울이 큼직한 칼날로 변해 앞 유리를 두드렸다. 와이퍼는 완연한 무용지물이 되었다. 더는 혼잣말도 나오지 않았다.

그때 왼편에서 익숙한 팥죽색이 어른거렸다. 평소에는

복합적인 감정을 불러일으키는 색채였지만, 그 순간만은
구원의 색으로 보였다. 미와는 깜빡이를 켜고 차선을 바꿨다.
잘 보이지 않는 상황에서 운전대를 틀자니 절벽으로 돌진하는
양 심장이 덜컥였으나, 별일은 없었다. 그는 무사히 지붕
아래로 들어섰다. 기적처럼 전면과 측면의 시야가 모두
선명해졌다. 주유소에는 미와의 차뿐이었다. 오른편을 보니
도로 역시 텅 비어 있었다. 현명한 이들은 이미 비가 내리지
않는 곳으로 달아났으리라.

 미와는 주유소 가장 안쪽에 차를 세웠다. 절반쯤 남은
기름을 채운 뒤 빗발이 사그라질 때까지 기다릴 생각이었다.
이 정도 되는 폭우가 한참 이어질 것 같진 않았다. 차 문을
열고 주유구 버튼을 누르며 미와는 덜덜 떨었다. 물기
어린 추위가 옷깃이 덮지 않은 부위마다 파고들었다. 식은
손끝으로 키오스크를 두드리는 중, 등 뒤에서 목소리가
들렸다.

 차를 거기 세우면 어떡해요.

 미와는 뒤돌아보았다. 그 남자였다. 오늘은 선글라스도
모자도 쓰지 않았으나, 바로 알아볼 수 있었다. 그가 양팔을
흔들며 어정어정 다가왔다.

 왜 거기 세우냐고. 그럼 뒤에 오는 차들이 어떻게 주차를
해. 뒤로 더 빼.

 미와는 주유기 옆에 바짝 주차한 차를 보다가 남자에게로
시선을 옮겼다. 지금 주유소에도 도로에도 차들이 없지
않냐고, 그보다 왜 다짜고짜 반말이냐고, 조금만 후진해

달라고 얘기해도 충분치 않으냐고 말하려 했다. 그러나 입술이 떨어지지 않았다.

　미와는 대신 빤히 남자를 보았다. 오토바이 운전자의 등을 보았듯이, 혹은 도로에서 만난 많은 차에게 그리했듯이. 그건 미와에게 몇 남지 않은 화법이자 하나뿐인 화풀이 방법이었다. 3초간의 응시면 충분했다. 미와는 눈 한번 깜짝이지 않고, 침을 뱉고 돌아서는 남자를 보았다. 그가 다시 발길을 돌리기 전까진 그랬다.

　왜요?

　남자가 말했다. 미와가 대답하지 않자 몇 발짝 더 다가오며 물었다. 왜 쳐다보는데? 할 말 있어요? 미와는 키오스크를 두드렸다. 휘발유 주유 버튼을 누르려는 찰나, 가까운 곳에서 숨결이 느껴졌다. 남자는 이제 한 발짝도 안 되는 거리에 서 있었다. 미와는 몸을 돌려 문 열린 차에 올라탔다. 남자가 운전석 문 앞에 섰다.

　왜요, 왜.

　그가 말했다.

　할 말 있으면 해. 왜 그렇게 쳐다보는데.

　저는…….

　어, 말해. 왜 그렇게 쳐다봐?

　저는 그냥 후진할 자리를 본 거예요. 갑자기 왜 그러세요?

　차 문을 향해 손을 뻗으며 미와는 말했다. 어째서인지 자꾸만 웃게 됐다. 미소를 멈춘 순간 주유소 지붕이 무너지고, 차와 자신 모두 납작하게 깔릴 것 같았다.

저, 잠깐 옆으로 빠져 주실래요? ……후진 좀 할게요.

남자는 비켜서지 않았다. 대신 차 문을 붙들고 운전석으로 들어올 듯 몸을 굽혔다. 이제는 문을 닫을 수도 나갈 수도 없었다. 남자의 숨소리가 코앞에서 들렸다. 미와의 팔다리가 절로 움직였다. 생각보다 배는 더 빠른 속도였다. 오른쪽 손과 발이 브레이크를 밟고 시동을 켰다.

차 안의 계기판이 켜졌다. 거의 동시에 사방이 껌껌해졌다. 대시보드에서 깜빡이는 빛을 제외하면 무엇 하나 제대로 보이지 않았다. 두어 번 눈을 깜빡인 다음 미와는 깨달았다. 정전이었다. 빗소리만이 견고한 어둠 속을 울렸다.

아니잖아.

남자의 목소리가 그 사이를 파고들었다.

좆나 노려보더니만, 씨발년이…….

후미등이 주유소 뒤편을 비췄다. 미와는 사이드미러를 곁눈질했다. 흐릿한 기억이 맞다면, 주유소 천장에 감시 카메라가 달려 있을 터였다. 그러나 아무리 눈을 굴려도 깜빡이는 카메라 불빛은 찾을 수 없었다. 정전 때문에 전원이 꺼진 것인지, 애초부터 가짜 카메라를 달아 놓았는지는 알 수 없었다. 분명한 것은 지금 누구도 미와와 남자를 보고 있지 않다는 사실이었다. 누구도 미와가 여기 있음을, 남자가 곧 운전석에 올라타 미와의 무릎에 앉을 만큼 가까운 거리에 있음을 알지 못했다.

말해 보라니까.

남자의 목소리가 한 번 더 울렸다.

왜 쳐다봤냐고요. 할 말 있으면 지금 해, 머리 쓰지 말고.

이번에도 오른발이 먼저 움직였다. 미와가 액셀러레이터를 밟자 남자가 꽥 비명을 질렀다. 차는 몇 미터쯤 전진하다가 멈췄다. 넘어진 남자가 몸을 일으키며 악을 썼다. 빤한 욕설로 이뤄진 고함이었다. 미와가 손을 뻗었다. 이번에야말로 문을 닫아야 했다. 미와는 빗소리가 들리는 방향으로 손을 휘저으며 중얼거렸다. 죽어 버려, 개자식. 한번 입 밖으로 말을 내자 멈출 수 없었다.

꺼져, 제발 꺼져. 사라져. 죽어 버려…….

눈앞에서 붉은빛이 반짝였다. 구태여 따지면 시든 열매 같은 적색 빛이었다. 빛이 깜빡인 찰나 손끝에 차 손잡이가 닿았다. 미와는 세차게 문을 닫고 계기판을 보았다. 속도계나 거리계, 태코미터 모두 온순한 흰빛이었다.

경고등이 켜졌던 건 아니겠지. 미와는 생각했다. 안 돼, 지금 문제가 생기면 끝장이다.

어느새 다시 차 옆에 선 남자가 운전석 문을 걷어찼다. 미와가 잠금 버튼을 눌렀다. 남자가 문을 열려는 소리가 덜그럭덜그럭 울렸다. 앞 유리 너머의 어둠은 여직 견고했다. 전조등 빛 속으로 쏟아지는 빗줄기만 흐릿하게 보였다. 길쭉한 빗방울이 창틈을 벌리려는 손가락 같았다. 남자가 양손으로 창을 때리기 시작했다. 미와는 자신이 안전띠를 채우지 않았음을 깨달았다.

그때 운전석 측 창이 열렸다. 무엇도 누르거나 당기지도 않았음에도, 창문은 여태 본 적 없이 빠른 속도로 반절

가량 내려갔다. 미와가 소리 질렀다. 남자 역시 큰 소리를 냈다. 미와의 소리가 비명이었다면 남자의 것은 함성에 가까웠다. 한 번 더 액셀러레이터를 밟았으나 페달 안쪽이 꽉 막힌 듯 움직이지 않았다. 바닥 깊은 곳에서 무엇인가 잠긴 것 같았다. 미와는 액셀러레이터를 발로 차고 운전대를 흔들었다. 창틈으로 들어온 손이 차 안의 허공을 헤집었다. 미와가 조수석으로 몸을 틀자, 남자는 창 안쪽까지 머리를 집어넣었다. 마침내 차 안에 진입한 머리가 말했다.

이 새끼, 너 오늘······.

그리고 차창이 올라갔다. 내려갔을 때보다 곱절은 빠른 속도였다.

남자의 입술과 목에서 연달아 소리가 났다. 처음에는 숨이 꺾이는 소리, 그다음은 더욱 단단한 것이 으스러지는 소리였다. 차창이 한 번 더 내려가더니 다시금 빠르게 올라갔다. 고개가 모로 틀어지고 정수리가 창틀에 부딪혔다. 미와는 조수석과 운전석을 가로질러 누운 채 그 모습을 지켜보았다. 남자의 목에서도 입술에서도 더는 아무런 소리도 나지 않을 즈음, 차창은 오르내리기를 멈추었다. 대신 이번에는 차 문이 열렸다. 들어온 이를 밀쳐 내듯이.

미와는 문밖으로 몸을 내밀었다. 사지를 벌리고 널브러진 남자를 본 다음 계기판으로 눈길을 돌렸다. 그 순간 속도계와 태코미터 사이에서 낯선 빛이 반짝였다. 진한 붉은색이었다.

미와는 차에서 내렸다. 날 선 공기가 몸을 에워쌌다. 숨을 내쉬면 얼음으로 변해 떨어질 듯했다. 전조등과 후미등이 비추는 자리를 제외한 세상은 검고 고요했다. 어느새 비가 그쳐 있었다. 미와는 사방으로 뻗은 남자의 팔다리를 가지런하게 놓았다. 손끝에 닿은 살갗이 아직 미지근했다.

미와는 남자를 뒷좌석에 실었다. 트렁크에 넣으려 했으나 자리가 여의치 않았다. 뒷좌석도 충분하지 않아 다리는 바닥으로 늘어뜨려야 했다. 미와는 땀범벅이 된 채, 동시에 비바람이 남긴 한기에 부들부들 떨면서 남자를 옮겼다.

모든 일을 끝내고 차 문을 닫았을 때도 주위는 적막했다. 가로등과 주유소의 조명은 여전히 꺼져 있었다. 감시 카메라 불빛은 끝내 보이지 않았다. 근방 몇백 미터 내에서 빛나는 것이라고는 미와의 차뿐이었다.

미와는 차에 올라타 시동을 걸었다. 비 그친 도로를 따라 달리며 그는 물었다.

왜 그랬어?

차는 대답하지 않았다. 대신 카 오디오에서 방금까지의 어마어마한 강수량을 알리는 속보 그리고 내일 아침까지는 날이 맑으리란 예보가 잇따라 나왔다.

반 시간 정도 달리자 차도 위로 드문드문 불빛이 보이기 시작했다. 정전이 해결된 건지, 아니면 정전 구역의 바깥으로 빠져나온 것인지 알 수 없었다. 미와는 불 켜진 가로등 아래에 차를 세웠다. 여전히 떨리는 손으로 우 과장에게 전화를 걸었다.

신호음은 서너 번 정도 가다 멈췄다. 오랜만에 들은 과장의

목소리는 기억보다 맑고 또 밝았다. 웬일이에요? 미와는
대답하는 대신 한참을 씨근거렸다. 미와 씨? 과장의 목소리가
메아리쳤다. 차가 그의 목소리를 의도적으로 반사하는듯했다.

미와 씨, 잘못 걸었어요?

몇 초의 침묵이 지나갔다. 우 과장이 다시 물었다. 차
때문에 전화했어요? 미와는 숨을 고른 후 입을 열었다.
곳곳이 깨지고 갈라진 목소리가 나왔다.

어디 계세요…….

들숨과 날숨이 서너 차례 카 오디오를 오갔다. 호흡의
핑퐁을 깬 것은 이번에도 우 과장이었다.

주소 보낼게요. 바로 오세요.

우 과장이 보낸 주소는 미와의 위치로부터 200킬로미터
남짓 떨어진 ㄱ시의 외곽에 있었다. 공교롭게도 또 다른
주유소의 주소이기도 했다. 지도를 열자 주유소와 맞닿은
항구 이름이 떴고, 그 뒤로 회색 면이 너르게 펼쳐졌다. 여러
번 스크롤해도 회색은 멈추지 않고 이어졌다. 바다였다.

미와는 주유소를 목적지로 설정하고 안내 버튼을 눌렀다.
먼저 지하 도로를 통해 서울 바깥으로 나가야 했다. 미와는
힘껏 액셀을 밟았다. 회사도 집도 등지고 달려 긴긴 터널과
나들목을 지났다. 멀리서 푸르게 번쩍이는 톨게이트가
다가오자, 여태 한 번도 하이패스를 사용한 적 없다는
사실이 머릿속을 스쳤다. 다행히 차는 경쾌한 종소리와 함께
톨게이트를 통과했다. 700원이 결제됐다는 음성 안내가 울려
퍼졌다. 우 과장이 미리 충전해 둔 모양이었다.

한밤의 고속도로는 한산했다. 몇 대의 차만이 1차선 도로를 날쌔게 달리는 중이었다. 어느 순간 계기판을 보니 미와 역시 100킬로미터를 한참 넘긴 속도로 달리고 있었다. 그는 흠칫 놀라 속도를 줄였다. 눈덩이를 머금은 듯 입속이 차가워졌다. 자신도 모르는 새 이토록 빠른 속도로 달렸다는 사실, 무엇이든 망가뜨리거나 박살 낼 수 있는 빠르기로 움직였다는 사실에 오한이 들었다.
　달리는 내내 미와는 등 뒤를 보지 않으려 애썼다. 룸미러는 뒷좌석까지 비추진 않았다. 그러나 비에 젖은 옷깃이 풍기는 퀴퀴한 냄새나 고약한 스프레이 향으로부터는 도망칠 수 없었다. 창문을 살짝 열려다가 관두었다. 필수적인 것만 제외하면 차의 어떤 장치도 건드리고 싶지 않았다.
　그런데…… 미와가 계기판을 곁눈질했다. 야간의 고속도로에서는 전조등만 켜라고 했던가, 아니면 상향등인가, 그도 아니면 미등이었던가?

　ㄱ시에 들어섰을 무렵에는 이미 자정이 지나 있었다. 두 대의 트럭과 한 대의 SUV 그리고 미와의 차가 오른쪽 도로로 빠져나갔다. 미와를 제외한 모두가 쌩하니 달려 밤중의 도시로 사라졌다.
　미와에게 ㄱ시는 완전히 낯선 장소였다. 운전대를 돌리는 모든 곳이 초행길이었다. a시와도 c시와도 다른 모양의 길이 속을 메슥거리게 했다. 어느덧 차도 양편으로 긴 날개가 달린 가로등이 이어졌다. LED 빛에 잠긴 대교와 항구의 풍경이

드문드문 드러났다. 건물 같은 크기의 선박들과 첩첩산중으로 쌓인 컨테이너, 색색의 파렛트와 구루마가 풍경을 채우고 있었다.

주유소는 항구를 낀 도로 중턱에 있었다. 미와는 다시 차내를 훑었다. c시에서 이곳까지 오는 내내 몇 번이나 계기판을 확인했지만, 별다른 이상 신호는 나타나지 않았다. 차는 아무런 의지도 생각도 없는 듯한 물체로 되돌아갔고, 지금은 미와의 운전을 따라 주유소 안으로 얌전히 진입하고 있었다.

미와는 문 닫힌 주유소의 편의점 앞에 멈춰 섰다. 차양 아래 선 실루엣이 낯익었다. 긴 패딩을 걸친 데다 모자까지 뒤집어써서 얼굴도 보이지 않았으나, 차 안을 살피는 몸짓이나 조심스레 창을 두드리는 손짓 모두 익숙했다. 시동을 껐음에도 차 바닥이 부르르 떨렸다. 노크에 대답하는 것 같았다.

미와가 문을 열었다. 항구와 맞닿은 겨울바람은 도시의 것보다 차고 단단했다. 우 과장이 몸을 숙였다. 편의점 간판의 불빛이 모자 아래 얼굴을 어슴푸레 비췄다.

우선 내리세요.

미와는 그 말대로 했다. 과장은 주머니에 손을 꽂은 채 문 틈새를 살폈다. 뒷좌석을 확인하고 한숨을 쉬었다. 그가 돌아서 손을 내밀었고, 미와는 머뭇거리다가 차 키를 건넸다. 우 과장은 차를 잠근 뒤 주유소 뒤편으로 향했다. 미와는 갯바람에 움츠러든 양어깨를 감싸안은 채 그를 따라갔다.

주유소 뒷벽은 녹색 컨테이너와 연결되어 있었다. 항구에서 본 컨테이너들보다 좀 더 길쭉한 모양이었다. 우 과장이 앞쪽 문을 열고 손짓했다. 미와는 문 너머, 샛노란 빛 속으로 발을 내디뎠다. 훈기와 함께 계피와 마른 찻잎 향 그리고 기름 냄새가 뒤섞여 흘러나왔다.

컨테이너 내부는 예상보다 넓었다. 한가운데에 원형 탁자와 흰 의자들이 놓여 있었고, 리넨 발로 구분한 자리에는 더블베드와 2인용 소파가 보였다. 침대 옆 협탁에는 다 쓴 주사기들이 놓인 빈 통과 3층짜리 약상자가 반듯이 정리되어 있었다. 마주한 옷걸이에서 위아래가 이어진 작업복과 치맛단이 긴 원피스가 교차로 걸려 흔들거렸다.

문 앞에 한 남자가 서 있었다. 검은 윈드 재킷을 입은 남자였다. 우 과장과 거의 비슷한 덩치였고, 나이는 그보다 서너 살 더 많아 보였다. 수염과 눈썹이 짙어 늙은 셰퍼드 개 같은 인상을 풍겼다. 소개할게요. 우 과장이 패딩을 벗어 소파에 걸쳐 두며 말했다.

제 남편입니다.

과장이 미와에게 돌아섰다. 발목까지 오는 원피스 차림이었다. 매끄러운 녹색 벨벳이 그와 잘 어울렸다. 어느덧 귀밑까지 자란 머리 모양도 마찬가지였다.

미와는 그와 오래 눈을 맞췄다. 동그란 안경 너머의 눈동자가 오래 훈련한 사람의 것처럼 흔들리지 않고 꼿꼿이 자리를 지켰다. 미와는 재킷을 입은 남자에게 다가가 섰다. 남자가 손을 내밀었다. 기름때가 검게 낀 손이었다. 그들은 천천히 악수했다.

  인사를 끝낸 남자는 재킷 지퍼를 잠근 뒤 컨테이너를 나섰다. 평소에도 이 시각이면 담배를 피울 겸 항구를 산책한다고 말했지만, 아무리 봐도 앞으로 벌어질 대화를 위해 자리를 피해 준 듯싶었다.

  우 과장은 부산하게 움직였다. 문과 창을 잠그고 커피포트에 물을 올렸다. 물 끓는 소리가 컨테이너를 가득 채웠다. 미와는 엉거주춤 의자에 앉으며 말했다.
  과장님, 제가 왜 왔느냐면…….
  퇴사했는데 과장은 무슨. 우란 씨라고 불러요.
  그가 우란, 하고 발음하는 순간 커피포트의 전원이 내려갔다. 미와가 새로운 이름을 곱씹는 사이 우란은 찻잔 두 개에 커피를 담아 왔다. 긴 밤이 될 테니 커피를 많이 마셔 두는 게 좋겠다고 했다.
  미와는 갈라지고 탁한 목소리로 방금 겪은 일을 풀어놓았다. 이야기 형태로 복기하자니, 그 모든 일은 직접 경험한 것이라기보다 어린 시절 읽은 전설이나 야간 케이블 방송에서 틀어 주는 괴담에 더 가까워 보였다. 미와는 주유소의 남자가 평소 자신을 어떻게 대했고 폭우 속에서 뭐라고 말했는지, 차가 언제부터 제멋대로 움직였으며 차창이 얼마나 빠르게 내리고 닫혔는지 더듬더듬 말했다. 우란은 한 모금도 마시지 않은 커피를 내려다보며 이야기를 들었다. 내리깐 눈을 보자 미와의 몸속에서 시큼한 물이 들끓었다.

과장님, 왜 저한테 그 차를 주셨어요?

우란이 고개를 들었다. 마지막으로 보았을 때와 어딘가 달라진, 정확한 차이를 짚을 수는 없었으나 이전보다 한층 선명해진 얼굴이 미와를 마주했다. 우란이 말했다.

미와 씨가 차가 필요하다고 해서요.

차를 팔 때 더 자세히 말해 줄 수도 있었잖아요. 그러니까, 이런, 이런 일이 벌어질 수 있다고요. 제가 실수하면 무슨 일이 벌어지는지 말이에요…….

미와 씨, 차는 원래 사람을 죽일 수 있는 물건입니다.

미와는 입을 벌리고 우란을 보았다. 신물에서 열꽃이라도 핀 양 아랫눈시울이 뜨거워졌다. 우란이 커피를 한 모금 마신 후 입을 열었다.

그리고 만일 이런 일이 생길 경우, 애초부터 무엇도 모르는 쪽이 더 마음 편할 것 같았습니다. 아무것도 모르면, 적어도 이 일이 내 탓인가 의심하지 않아도 되니까요.

아니요. 전혀 마음 편하지 않아요.

미와가 탁자를 내리쳤다. 원형 탁자는 생각보다 훨씬 더 약해서, 한 번의 타격에 옆으로 넘어갔다. 커피가 쏟아지고 찻잔이 요란한 소리로 깨졌다. 검은 얼룩이 바닥의 굴곡을 따라 번졌다. 미와는 주저앉아 유리 조각을 줍기 시작했다. 눈 안의 열꽃은 도무지 스러지지 않았다. 온 얼굴을 데우더니 기어코 뺨을 타고 흘러내렸다.

커다란 손이 미와를 가로막았다. 우란은 남은 조각들을 줍고 탁자를 일으켜 세웠다. 휴지로 커피를 닦아 내며 말했다.

미와 씨, 미안해요. 미와는 바닥만 바라보았다. 우란이 또 말했다.

그래도 미와 씨가 다치지 않아 다행이에요.

우란이 새 휴지를 건넸다. 미와가 눈물을 닦고 코를 풀었다. 우란은 청소기를 짧게 돌린 뒤 도로 패딩을 걸쳤다. 미와와 눈이 마주치자 말했다. 먼저 기름을 채우죠. 먼 길 왔을 테니까. 미와가 물었다. 그다음에는요? 우란은 대답하지 않았다. 대신 컨테이너의 불을 껐다.

우란의 남편이 기름을 넣어 주었다. 수없이 반복했음이 분명한 동작으로 주유구를 열고 휘발유를 넣었다. 기름 냄새를 맡으며 미와는 계속 울었다. 울음을 그치지 못하는 스스로가 짜증스러웠지만, 어쩔 수 없었다. 울음은 앞으로 할 일을 위해 필수적으로 거쳐야 하는 행위로 느껴졌다. 차를 출발시키기 전 시동을 걸고 사이드브레이크를 해제하는 것처럼.

우란이 어디선가 큼직한 러그를 가져왔다. 그것으로 뒷좌석을 덮으며 새로운 목적지의 주소를 불러 주었다. 미와는 훌쩍거리며 내비게이션에 주소를 입력했다. 그리 멀지 않았으나 역시나 낯선 장소였다. 곶을 지나고 연륙교를 건너 섬 안쪽까지 들어가야 했다.

우란이 조수석 문을 열었다. 의자 위 야구 배트를 보고 멈칫하더니, 조심스레 들어 바닥에 내려 두었다. 우란의 남편은 창밖에 서 있었다. 그가 열린 창 안쪽으로 몸을 굽히고 무언가 속삭였다. 우란이 남편의 뺨을 한 번 만졌다. 미와의 뺨이 덩달아 벌게졌다. 그것은 미와가 우 과장에서 볼 수 있으리라고 예상치 못했던 유형의 손길, 창피하리만치 내밀한 몸짓이었다.

우란이 돌아앉아 말했다.

차는 별로 없지만, 도로가 어두울 거예요. 조심히 갑시다.

도로에 올라탄 후에도 미와는 웃어른의 눈치를 보듯 차 구석구석을 흘끗거렸다. 모든 게 얄미울 만큼 말짱했다. 문이 갑자기 열리거나 창이 오르내리는 일 따위도 없었다. 차는 ㄱ시에 올 때와 마찬가지로 한적한 도로를 빠르고 충실하게 달려갔다.

과장님, 아니, 우란 씨.

네, 미와 씨.

결혼하신 줄 몰랐어요.

항구도시의 바람은 거셌다. 창밖의 먹먹한 소음이 차내를 채웠다. 밤바람 소리가 불어오는 방향으로 유난히 새까만 그늘이 보였다. 우란이 바다를 응시하다가 말했다.

오래 만났어요.

애인 없다고 하셨잖아요.

네. 미와 씨한테는 말하고 싶었는데, 이렇게 됐네요.

차가 연륙교로 접어들 무렵 우란이 한마디 덧붙였다. 사과하고 싶진 않아요. 미와가 고개를 끄덕였다.

섬의 길은 좁고 울퉁불퉁해 입을 다물고 눈앞에 집중해야 했다. 차체가 도로의 굴곡에 따라 덜컹거리자 뒷좌석의 몸도 함께 흔들렸다. 미와는 룸미러에 비친 러그 자락을 보며 비 그친 주유소 바닥에 놓여 있던 몸을 생각했다. 그 몸과 마주한 순간 한 줄기 바람이 귓바퀴를 적셨다. 차고 맑은 바람이었다. 열린 창으로 들어와 차내의 구텁지근한 기운을 몰아내던 바깥 공기처럼 숨통을 트이게 했다. 그 감각이 부정할 틈 없이 자꾸만 살갗을 파고들었다. 머릿속에서는 원치 않는 질문이 몇 개나 솟아올랐다.

남자의 이름은 무엇일까? 가족은 있을까? 그들한테는 쓰레기처럼 굴지 않고, 웃거나 농담하며 말을 건넸을까?

차가 아니었더라면, 나는 어떻게 됐을까?

질문들은 갑작스레 멈췄다. 보닛 너머에서 무엇인가 휙 지나간 탓이었다. 검고 날쌘 그림자였다. 가열한 마찰음과 함께 차가 멈춰 섰다. 미와와 우란의 몸이 앞으로 쏠렸다. 털이 검고 꼬리가 길쭉한 동물이 차 앞을 지나쳐 반대편 풀숲으로 뛰어들었다.

미와는 몇 초 뒤에 고개를 들었다. 브레이크를 꽉 밟은 발부터 정수리에 이르기까지, 몸 전체가 고동쳤다. 머리가 헝클어진 우란이 안경을 찾아 바닥을 더듬고 있었다. 죄송해요, 과장님. 미와가 말했다. 우란이 안경을 쓴 얼굴을 들었다. 괜찮아요. 그가 속삭였다.

그렇지만 어두운 길에서는 좀 더 느리게 운전하세요.

목적지까지는 1킬로미터가 채 남지 않았다. 미와는 한결 천천히 움직였다. 방금, 조금이라도 늦게 브레이크를 밟았다면 벌어졌을 일이 앞 유리 표면에 그려졌다. 바퀴가 털북숭이 몸을 짓이기는 감각이나 소리 모두 직접 겪은 양 상상할 수 있었다.

　미와는 차를 받은 첫날 스크린에 떠오른 문구를 소리 없이 읊었다. 처음 본 이후로는 늘 대강 넘겼던 문구지만, 이상하게도 토씨 하나 틀리지 않고 욀 수 있었다. 시스템 사용 중 전방 주시에 부주의할 경우…… 상해 또는 사망에 이르는 사고…… 그 문단을 끝내는 문장 역시 선명했다.

　운전에 집중하세요.

　길이 끝나더니 눈앞이 환해졌다. 해변이었다. 몇 개의 투광기가 텅 빈 모래사장을 비췄다. 저기서 멈추면 됩니다. 우란이 모래밭 한쪽을 가리켰다. 사람도 새도 없는 고요한 해변 끝자락에 잔교가 서 있었다. 다리 기둥 아래로 파도가 몰아치고 바람이 부서졌다.

　두 사람이 차에서 내렸다. 몇 발짝 물러나 차를 보았다. 차는 동그란 앞코로 밤바다를 마주하고 있었다. 미와가 물었다.

　우란 씨는 어디서 이 차를 얻었어요?

　아는 언니에게서 샀어요.

　미와는 주머니 속 차 키를 한참이나 어루만지다가 입을 열었다. 과장님, 아니, 우란 씨, 우란 씨도 혹시…… 미와의 말이 끝나기도 전에 우란이 대답했다.

　네, 하지만 내가 운전할 때 벌어진 일은 아니었습니다.

　잔교 아래에서 울리는 파도 소리가 귀청을 때렸다. 기둥 사이를 오가는 물결은 맞부딪치고 뒤섞이다가 산산조각이 났다. 바다와 맞닿은 백사장 위로 낮은 안개 같은 모래바람이 움직였다. 우란이 양손을 세차게 비볐다.

남편이 운전하는 중이었죠. 나는 옆에 타 있었고요.

드물게 양쪽 창문을 모두 열어 둔 날이었다고 했다. 그럴 만한 날씨였다. 늦여름이어서 하늘이 맑았고, 바람도 쾌청했다. 그들은 인적이 드문 공원을 찾아내어 차를 댔다. 창을 활짝 연 채 커피를 나눠 마셨다. 무성하게 자란 수풀 냄새를 맡으며 샌드위치를 꺼내던 와중, 낯선 손이 차 안으로 들어왔다. 손은 차내를 누비고 우란의 머리채를 붙들었다.

붙임머리가 벗겨지니까 마구 웃더군요.

우란이 돌아서 미와를 마주 보고 섰다. 그날 그의 남편이 무슨 말을 했는지 또박또박 발음했다. 말할 때마다 흰 입김이 파도처럼 넘실거렸다.

남편이 의도적으로 그런 말을 했는지, 홧김에 저지른 실수인지는 지금도 모릅니다.

무엇보다 그것은 중요한 게 아니라고, 중요한 건 그들이 그날 내린 선택이라고 우란은 말했다. 그날 우란의 머리채를 잡은 이는 오늘처럼 차의 뒷좌석에 실렸으며, 우란과 그의 남편은 두 개의 선택지를 맞닥뜨렸다.

미와 씨도 여기서 정하세요. 우란이 손을 들어 차를 가리켰다.

차를 버리거나, 뒷좌석을 비우거나.

미와는 우란의 손끝이 닿는 풍경을 바라보았다. 그리고

고개를 끄덕였다.

 미와는 홀로 차에 탔다. 어느덧 몸에 밴 행위를 순서대로 했다. 안전띠를 매고 브레이크를 밟은 뒤 시동을 켰다. 사이드미러도 룸미러도 알맞은 위치에 맞췄다. 사이드브레이크를 내리는 것도 잊지 않았다. 기어를 바꾸려는 찰나 우란이 운전석 창을 두드렸다.
 미와 씨, 뭐 하려고요?
 미와가 몸을 돌려 뒷좌석을 보았다. 몸을 덮은 러그가 반쯤 흘러내려 있었다. 아까의 급제동에서 미끄러진 모양이었다. 남자는 몇 시간 전보다 더욱 하얗게 변해 있었다. 모래로 빚은 형상 같았다. 고개는 모로 틀어졌으나, 배 위에 올려 둔 손은 가지런했다. 그 손이 차의 문틀을 붙든 순간이 떠올랐다. 거듭 왜, 왜, 묻던 목소리와 눈을 맞추고 읊조리던 욕설도 또렷했다. 미와는 옆좌석을 보았다. 의자 아래, 처음 샀을 때처럼 반짝이는 야구 배트가 놓여 있었다. 미와는 그것을 가리켰다.
 이걸 휘두르려고 했어요……. 아니면 직접 들이박거나요.
 차가 출발했다. 우란은 차를 따라 몇십 미터를 달렸다. 뭐라고 외치는 소리가 바닷바람에 실려 날아갔다. 소용없는 짓이었다. 한때 우란의 것이었던 차는 그보다 훨씬 더 빨랐다. 차 안에는 미와와 야구 배트 그리고 죽은 남자만 타 있었다. 모두 함께 앞으로 달려가는 중이었다. 정면에는 검고 거대한 물이 꿈틀대고 있었다. 미와가 힘껏 액셀러레이터를 밟았다.

그러나 질주는 없었다. 직진조차 못 했다. 발아래에서
또 한 번 정체 모를 장치가 잠긴 탓이었다. 운전석 측 문이
벌컥 열리더니 안전띠가 풀렸다. 마찬가지로 알 수 없는
힘이 미와를 밀어냈다. 미와는 차로부터 쫓겨나 백사장 위로
나동그라졌다. 젖은 모래가 살갗을 찔렀다.

미와는 몸을 일으켰다. 모래에 손을 파묻은 채 앞을 보았다.
차는 그대로 물속을 향해 돌진하고 있었다. 천 자락 같은
포말이 차를 감쌌다. 한동안 요란한 엔진 음이 들려왔지만,
곧 파도 소리에 섞여 구분할 수 없게 되었다. 동그란 앞코나
납작한 뒷모습 모두 말끔히 사라졌다. 멍하니 바라보는
미와의 어깨를 누군가 끌어안았다. 지난 몇 해 동안 단 한
번도 없던 접촉이었다.

무슨 마음인지 알아요.

우란이 속삭였다.

우리도 비슷한 선택을 하려고 했어요, 이해합니다. 그래도
그러지 마세요.

그에게서는 늘 그랬듯이 좋은 향이 났다. 방향제와 샴푸,
그리고 체취인지 향수인지 모를 계피 냄새. 미와가 물었다.

그럼 앞으로 어떻게 해야 해요?

우란은 호흡을 정리하느라 한참을 시근댔다. 잘
모르겠어요. 가쁜 숨소리와 함께 그는 말했다.

잘 모르겠지만, 생각해 봅시다.

그들은 한동안 그 자리에 앉아 있었다. 앞으로는 바다,
뒤로는 길이었다. 미와는 입속의 모래를 모두 뱉어 내고서

다시 질문했다. 여기서 어떻게 집으로 돌아가야 하는지 아느냐고. 우란은 고개를 저었다. 그 또한 입에 모래가 들어갔는지 연거푸 퉤퉤거리고서 말했다. 히치하이킹을 하거나 콜택시를 불러야 할 것이라고.

그도 아니면 물론 걸어가야 했다.

몹시 멀긴 했지만, 아주 불가능한 일은 아니었다.

작가 노트

지난해 운전은 나를 지배하는 일이었다. 그토록 압도적인 일에 대해서는 어떤 방식으로든 쓰고 싶어진다.

추신 1. 내 생각에…… 우리의 운전 능력 순위는 다음과 같다. 미와<편집자 선생님≦나<우란. (2025년 2월 기준)

추신 2. 운전의 즐거움과 두려움은 서로에게 꽉 엮여 있다.

작품 해설

혼자 싸우도록 내버려두지 않는 사람

최다영

2022년 문학과 사회 평론 부문에 당선되어 평론을 쓰기 시작했다.

우리는 많은 사람들과 다양한 양상의 우정을 맺으며
살아간다. 성별, 나이, 계급, 국적, 종 등의 경계를 뛰어넘으며
우정이라는 이름 아래 서로 다른 존재들이 긴밀히 연결된다.
연인 관계에서도, 부모와 자녀 관계에서도 우정을 읽을 수
있다.
화려한 개성으로 무장한 이 다섯 편의 소설은 우정에 대한
제각각의 탐색을 담고 있다. 인물들이 처한 각자의 위치와
고유한 삶의 경험은 다른 이들과 얽히고 부닥치며 특별한
사건들을 빚어낸다.

1

우정은 어떻게 성립하는 걸까. 우정은 환대와 달리 시민적
의무가 아니며, 자유로운 선택과 그러한 선택의 철회
가능성을 지닌다.[1] 누구도 우정을 강요할 수 없다. 우리
각자는 우정을 맺을 상대를 선별하여 고를 수 있고, 대등한
주고받음에 의해 우정은 유지된다. 우정은 동등성을
전제하므로 우정과 관련된 모든 교환은 구성원들의 균형을
깨서는 안 된다. 우정의 관계에서 물질적 가치나 이해관계가
아닌 감정에 의해 구성원들이 연결되는 점은 지위가
다른 이들도 동등하게 우정을 맺을 수 있음을 암시하는
것처럼 보이지만, 실제 현실에서는 계급, 세대, 경제력 등의
격차가 중요하게 작용할 수밖에 없다.[2] 무엇보다 우정은
호혜적 관계이기에, 그러한 비대칭성이 심화될수록 심리적

---

1   김현경, 『사람, 장소, 환대』, 문학과지성사, 2015, 174쪽.
2   같은 책, 178-180쪽.

동질감에서 소외되기 마련이다. 이렇듯 우정의 성립 과정에는 선별과 대등성이 있다. 또 어떠한 법적 절차나 관습적인 의례도 요구하지 않기에 어떤 계기로든 일방의 결정만으로도 손쉽게 결별할 수 있는 것이 우정이기도 하다.

그렇다면 누군가와의 정서적 친밀성을 추구하거나 더 깊은 수준으로의 진전에 대한 기대를 품는 일은 승낙보다 거절로 이어지거나 갈등을 빚는 경우가 많을 수밖에 없을 것이다. 서장원의 「피루엣」과 차현지의 「선선한 사이」는 사회·문화적 조건상의 우열로 인해 우정의 성립에 어려움을 겪거나 우정의 순도—라는 말 자체가 어불성설이겠지만—를 의심하고 검열해야 하는 인물들을 조명한다.

먼저 「피루엣」에서 과거에 건장한 남자 친구들에게 심리적으로 위협당한 기억이 있는 '나'는 키가 작은 남자를 선호하며 주변 여자 친구들이 "자기보다 두 배쯤 더 커다란 남자 옆에 서서 자기가 상대적으로 작고 연약해진 기분을 만끽하는" 것을 이해하지 못한다. 오히려 대부분의 경우에서 남성이 여성을 거뜬히 제압하고 통제할 수 있는 힘에 "근본적인 불평등함"이 있다고 생각한다.

그렇기에 '나'는 언제나 자신만만하며 스스럼없이 공간을 장악하는 건장한 마초형 남자들, 무리에서 손쉽게 "우위를 점거해 버리는 남자들"에게 반감을 품는다. 체격이 크고 호탕한 남자들은 '나'에겐 그저 위협으로 다가올 뿐이다. 그러나 현 남자 친구 FTM 트랜스젠더 규오에게는 그런 불편함을 느낀 적이 없는데, 그 이유가 여성이었던 "규오의 몸이 가진 내력을 알고 있기 때문"인지, 그가 자신의 위력을 과시하지 않는 "좋은 남자이기 때문"인지 스스로도 확답을 내릴 수 없다.[3]

남성 신체의 '표준'과 이상향은 엄밀하고 세부적인 미적 기준에 따라 자연화되어 있다. 그러나 "넓은 골반, 좁은 어깨, 작은 키"를 가진 규오는 남성이라는 젠더 주체에도, 아름다움의 사회적 기준에도 미달한다는 수치심과 열등감을 갖고 있다. 그런 규오에게 노아는 선망의 대상이 된다. "잘생기고 키도 크고. 영어도 잘하"는 이상적인 남성 노아는 동성 집단 내에서도 단연 우두머리 자리를 점유하는 알파 메일이자, 트랜스젠더가 아님에도 규오의 커밍아웃을 대수롭지 않게 여겨 준 유일한 남성이다. 동성 사회에서도 가장 우월적 지위에 있는 인물로부터 남성으로 승인받는 경험은 규오에게는 존재의 정당성 자체를 이해받는 경험이었을 것이다. 심지어 노아가 "얘는 진짜"라며 다른 남자들 앞에서 규오를 추켜세워 줬을 때, (물론 이는 타투 과정 이수에서의 성실함을 가리키는 것이지만 남성 승인의 형식을 취하고 있으므로 중의적 해석도 가능하다) 규오는 남성적 지위를 부여받고 동질감이 고양되는 기분을 느꼈을지도 모른다.

그러나 이는 잠깐 주어진 너그러운 시혜일 뿐, 규오는 남성 일원으로 온전히 인정받지 못한다. 규오가 "시스젠더 남성들보다 훨씬 더 섬세하고 다정"하다는 노아의 평가는, 언뜻 규오에 대한 칭찬처럼 들리지만 실은 '시스젠더 남성'과

---

[3] 그런데 '좋은 남자'란 무엇일까. 안전을 위해 상대가 '좋은 남자'인지를 감식하고 판별해야 하는 시선과 자신이 '좋은 남자'라는 지위에 부합하는지 입증해야 한다는 압박을 느끼는 남성의 구도는 「리틀 프라이드」「상어」「히데오」 등 근래 서장원 소설에서 지속적으로 탐구되어 온 것이기도 하다.

혼자 싸우도록 내버려두지 않는 사람

'트랜스젠더 남성'을 구획하고 규오를 호모 소셜에서 은근히 밀어냄으로써 '남성됨'에 대한 승인을 거부하는 것이라 할 수 있다. 그에게 규오는 남성성 시나리오를 모범적으로 수행할 수 없는 '결여'이자 '미완'으로서의 남성이다.

또 노아는 바로 그러한 규오의 '여성적' 면모로 인해 '나'가 규오를 연인으로 택했을 거라 판단하고, 이에 '나'는 반박하지 못한다. 실은 자신 또한 규오와의 만남을 "안전한 선택"이라 여기고 위협을 가하지 않을 "무해한 남성"으로 규오를 인식한 면이 없지 않음을 은연중에 알기 때문이다. 언젠가 규오가 약물을 일찍 맞았다면 "더 나은 몸을 가졌을 거라고" 말했을 때, '나'는 규오가 '남자다운' 기준과 미적인 기준 모두에 미치지 못한다는 사실에 동의했었다. 또한 여성의 생태를 겪었던 그 몸이 신체 조건상 공격적이지 않은 몸이라고 판단해 왔음을 알아차리게 되는데, '나'도 그의 위력을 얕잡아 보고 그가 위해를 가할 가능성을 염두에 두지 않았던 것이다. 규오를 사랑하는 것과는 별개로 말이다.

규오는 신체에 등급을 나누는 건 "근본적으로 비윤리적"이라고 말하면서 "노아 같은 남자" 얘기에서는 "그냥 그게 좋은 거 아닐까 (…) 그런 남자들" 하며 의기소침해진다. 그런가 하면 '나'는 수빈이 노아를 정말 좋아했다고 말하는 규오 앞에서, 각각을 개별적 인격체가 아니라 이성애 커플 남녀의 전형적인 범주로만 치환하고 이미 만들어 놓은 고정관념을 덧씌우며 그 패턴이야 뻔하다는 듯 구는 협소한 면이 있다.

이들을 그저 표리부동하다고 비난할 수 있을까. 그럴 수 없을 것이다. 규오는 '평균적'이거나 이상적인 남성 신체의 기준에서 동떨어져 있다. 왜소한 남성으로서 외양적 매력 자본들을 충분히 확보하지 못한 규오로서는 범주적으로 남성에 속하게 된 이후에도 으레 이상화되고 추켜세워지는 남성 몸의 형태를 동경할 수밖에 없을 것이다. 사회 안에서 몸으로 체험되는 젠더 감각은 자신의 신체를 끊임없이 의식하게 하며 노아와 같은 부류의 남자들을 '좋은 남자'로 규정하고 선망하게 한다. 아무리 지배 문화의 성별화된 경향성을 습득하고 수행한다 해도, 남성성은 그저 역사와 맥락에 따라 반복된 구체적 수행들의 누적이자 효과라 할지라도, 다양한 남성성들이 포착되고 발명되어야 할 필요성과도 별개로, 성차화된 남성 일반의 외양적 특징을 획득하는 건 다른 차원의 문제다. 타고난 신체 조건의 사회적 위계를 순순히 받아들이는 규오의 변화는 '근본적으로' 원하는 몸에 결코 가닿을 수 없을 거라는 열패감과 무력감의 반영에 가깝다.

또 안전하다는 감각을 위해 상대의 안전성을 가늠해 보는 '나'의 합리적인 판단도 차별적으로 보일지언정 그 자체로 문제가 될 수는 없을 것이다. 교제 상대의 신체적 조건을 감별하고 등급을 나누어 측정하는 일은 '나'에게 생존의 문제와 긴밀히 맞닿아 있기 때문이다. 남자를 안전하거나 안전하지 않은 두 부류로 환원하는 편견 어린 습관은 일종의 방어기제에 가까운지도 모른다. 특히 친밀한 파트너 폭력

발생 빈도가 나날이 높아져 가는 오늘날, 육체적 우위를 정복감처럼 과시하는 남성들에게 '나'가 느끼는 위압감과 반감은 충분히 납득 가능하다. 비록 규오로서는 네가 위협적이지 않아서 남성적이지 않고 매력이 없다고 번역될 수도 있는, 비참함과 모멸감을 느낄 수밖에 없는 얘기일지라도 말이다.

이렇듯 「피루엣」이 남성 범주 내에서의 미묘한 우열 의식과 취약한 위치성을 그리며 규오와 주변인들이 맺는 관계에서 '인정'의 곤혹을 다루고 있다면, 「선선한 사이」는 갑을이 명확한 사이에서도 우정은 가능할 수 있을지 묻는다.

집주인 연주와 세입자 양지는 우연한 계기로 해안가 밤길을 종종 함께 달리는 러닝메이트가 된다. 양지는 연주와 엄연히 "계약으로 묶인 사이"임을 상기하며 정도 이상으로 가까워지지 않도록, 무심결에라도 자기 얘기를 털어놓지 않도록 예민하게 곤두서 있다. 목적이 명확한 이 관계를 "정확하게 맺고 끊"기 위해 적정 거리를 지키고자 노력한다. 연주가 "양지 씨는 많이 안 궁금해해서 편"하다고 말할 때, 그 쾌적함은 자신의 발언에 의식적 검열을 계속해야 하는 양지의 노력으로부터 비롯되는 것이지만 연주는 이를 모른다. 차등 관계인 이들에게는 결코 넘을 수 없는 간극이 있다.

반면 연주는 묻지도 않은 개인사를 늘어놓으며 의도치 않게 선을 넘곤 하는 사람이다. 양지가 건넨 호의에 과도하게 고마워하며 거리를 불쑥 좁혀 오는가 하면, 습관적으로 떠보는 '거름망 화법'으로 거절을 더욱 어렵게 한다. 양지는 그러한 부담스러운 침입에 방어하는 한편, 연주에게 궁금한 게 생겨도 굳이 묻지 않는다. 원체 사람과 가까워지는 것을 좋아하지 않는 데다 서울을 떠나 고요한 곳에 정착하고 싶었던 양지로서는 "감정적 동요를 최소화"하는 게 가장 중요하기 때문이다. 그런 점에서 영역 침범을 싫어하는 "지독한 영역 동물"의 습성은 양지네 고양이와 더불어 양지를 가리키는 것이기도 하다.

이런 상황에서 강아지 하지의 존재는 둘 사이에 사적인 대화가 끼어들지 못하도록 막아 주는 효과적인 "안전장치"가 된다. 양지는 자신에 대해 "들키고 싶지 않은 마음"과 타인에 대해 "더 알고 싶지 않은 마음"을 견지하며 마음의 벽을 견고히 지켜 나간다. 그럼에도 연주의 존재로 인해 가능해진 밤중의 러닝과 드라이브는 양지로 하여금 이동 가능 거리가 확장되는 전에 없던 자유를 선사하고, 그러는 사이 "의심과 경계 태세"는 자기도 모르게 누그러진다.

연주가 집주인이라는 사실에 더해 이들이 가까워지기 어려운 또 다른 이유는, 두 사람의 성격이 너무나 다르기 때문이기도 하다. 연주의 무심한 성격은 양지가 전셋집에서 별다른 제재 없이 고양이를 키울 수 있게 된 요인이기도 하지만, 예민하고 소심한 성정의 양지는 연주의 무심함이 자꾸만 거슬린다. 어느 날 연주는 하지를 맡아 달라고 청한다. 양지는 자신의 집에 고양이가 있다는 사실도, 강조해서 알려 준 고양이의 습성도 다 잊어버린 것 같은 연주에게 부아가 치민다. 거기다 상대의 동기나 의도를 과대 해석하며 필요 이상으로 스트레스받고 남에게 받은 것보다 피해 입은 것에 더 과민하게 반응하는 성격으로 인해 양지는 이후 연주와 만나지 않고 모든 연락을 거절한다.

　시간이 흘러 다시 봄이 찾아오자 연주는 다시 달려 보자며 스투키 화분을 선물하는데 스투키는 고양이에게 유해하다. 여전히 연주는 섬세하지 못하지만 그래도 양지는 연주가 보내온 소식에 내심 반가워한다. 그리고 자기가 먼저 "뛸까요?" 문자를 보내리라 생각한다. 궁금한 게 많지만 언제나처럼 묻지 않기로 하면서.

　이들의 우정은 꽤 멀찍한 거리를 유지하는 한에서만 성립한다. 우정은 있다/없다로 나뉘는 성질이 아니라 스펙트럼이자 깊이로 존재하므로, 딱 이만큼의 거리에서 이 정도로만 가능해지는 우정도 있는 것이다. 여기에는 어느 한쪽이 다른 쪽의 성격을 교정하는 것이 아니라, 상대의 견디기 어려운 점들을 서로가 어느 정도 참아 주는 일이 수반된다. 서로에게 필요한 것을 등가적으로 주고받으며, 춥지도 덥지도 않을 만큼 적절한 거리감을 유지하며, 이들의 선선한 사이는 앞으로도 꼭 이만큼의 호의와 거리를 유지한 채 계속되지 않을까.

2

한편 주목할 점은 「선선한 사이」가 방 안에서 해변으로, 러닝에서 드라이브로 점차 활동 범위를 넓혀 가며 여성의 이동 가능성과 활동 반경을 확장해 나가는 이야기이기도 하다는 것이다. 특히 연주의 드라이브에서부터 이어진 양지의 운전 가능성은 운전 능력이 가져다 줄 이동의 자유를 암시한다. 마찬가지로 함윤이의 「미와와 우란 혹은 워스트 드라이버」(이하 「미와와 우란」)는 자유로운 이동권을 확보하게 된 여성의 양가적인 심리를 세밀히 그리면서, 도로 위에서 겪는 성별화된 위협들과 취약성에 기반한 서스펜스 스릴러를 축조해 낸다.

「선선한 사이」에서 연주와 양지가 러닝메이트가 된 계기는 여성으로서 겪는 보편적인 위험에 공감을 나누고 함께 대응하면서부터다. 어둡고 인적이 드문 밤의 해변은 어떤 위협이 덮쳐 올지 모를 공간이기에 자연히 경계심을 갖게 만든다. 앞뒤 좌우로 예민하게 주위를 살피며 밤길을 달리던 양지는 자기 앞에서 뛰는 사람이 여자라는 사실에 안도한다. 둘은 서로를 의지 삼아 "안전을 도모"하는 유대감 아래 여러 밤을 함께 달린다.

이런 연주와 양지의 공통점은, 둘 다 남편의 직장 문제로 연고도 없는 지역에 오게 되었다는 것이다. 1시간의 시내버스 배차 간격, 초 단위로 오르는 택시 요금이라는 두 가지 좁은 선택지만 주어진 이곳에서 양지는 자신의 이동권이 크게 제한받고 있다고, 그로 인해 "물리적 거리는 물론 심정적인 활동 반경조차 한없이 쪼그라드는 것 같"다고 느낀다. 이런 상황에서 운전 능력이 없어 "고유한 기동성"을 계속 남편에게 의존하는 일이 옳은지 고민한다.

그런가 하면 연주는 남편이 상의도 없이 고향을 희망 근무지로 신청하면서 거주지와 관련된 의사 결정권이 침해당하고 박탈된 경험이 있다. 이후 자금 마련을 위해 아파트를 전세로 내놓는 과정에서도 연주가 고를 수 있는 선택지는 극히 적었다. 이는 경제적 이해관계로 묶인 가부장제에서 성원권이 불완전한 피부양자가 부양자—가부장에게 인격적으로 종속될 수밖에 없는 사회 현실을 반영한다.[4]

그로 인해 연주는 이사 온 뒤부터 "쇄골 밑으로 가슴께가 꽉 조여 오는" 갑갑함이 나날이 심해지는 것을 느낀다. 갑갑함을 못 이겨 마구 뛰고 싶은 마음에 연주는 달리기를 시작한다. 가부장의 영역이라 할 수 있는 위압적인 공간에서 개인의 자리가 적절히 마련되지 않자 밀려나듯 바깥으로 나오게 된 것이다. 양지가 해변으로 나와 뛰게 된 이유 역시 마음이 갑갑해서이다. 양지가 연주에게 "모종의 동질감"을 느낀 건 자기도 모르는 사이에 이런 갑갑함을 알아차렸기 때문은 아닐까.

연주가 들려주는 여자 선배나 동기들의 이야기에서 직장을 먼저 관둔 이들은 "자식 양육에 전념하거나 그간 쌓아 온 경력과는 딱히 연결 고리가 없는 업종에 종사"하는데, 적당한 때 퇴직했다고 말하는 연주도 더 승진할 수 없었던 사내 불합리나 인생의 정체기 등 나름의 고충이 있었던 것으로 보인다. 그 때문인지 연주는 자신의 경험을 투영해 양지의 처지를 더 신경 쓰고, "차 없이 가기 힘든 장소들에 데려가

---

4   같은 책, 184-186쪽.

주려"고 종종 함께 드라이브를 한다. 연주가 퇴직금으로 구매한 중고 SUV는 양지에게도 해방감을 경험하게 하고, 연주는 양지에게 운전면허를 취득하라고 조언한다. 이후 공부방을 시작하게 된 연주는 새로운 경력을 이어 나가며 경제적 자립성을 높여 나가지 않을까. 운전 학원에 등록한 양지도 이제 자신만의 "고유한 기동성"을 확보하게 될 것이다.

「미와와 우란」에는 그 '기동성'을 이제 막 획득한 여자가 등장한다. 갓 운전면허를 취득한 미와는 평소 가까이 지내던 우 과장에게서 중고차를 저렴하게 구매한다. 자차를 몰게 되면서 넓은 이동 반경을 확보하게 되고, 대중교통에 소모되던 시간을 획기적으로 단축하며 "인생에 1시간이 더 생"긴 것을 기뻐한다. 그런 한편, "무엇이든 망가뜨리거나 박살 낼 수 있는 빠르기로 움직"이는 차의 근원적인 속성에 대한 공포 또한 여실히 드러난다.

도로는 남성 중심적으로 젠더화된 대표적인 공간이다. 공격성, 강인함, 능동성 등을 체화하도록 훈육하는 도로는 여러 남성적 표상들이 남성적 태도를 주조하는 공간이자 남성이 운전에 더욱 능하고 적합하다는 인식을 재생산하는 공간이기도 하다. 이러한 도로에서 여성이나 여성으로 패싱되는 운전자는 쉽게 멸시나 모욕의 대상이 된다. 추월당하거나 욕설 듣기가 예사인 초보 운전자 미와는 수치심과 모멸감 속에서 차곡차곡 주행거리를 쌓아 간다. 운전 실력은 차츰 늘어 2개월 뒤에는 출퇴근길이 익숙해지고, 효능감도 점차 오른다. 그러던 중 뒤에서 달려오던 어느 오토바이의 분풀이 대상이 되고, 미와는 위협을 느끼면서도 더 큰 화를 입을 것이 두려워 그저 미소 짓는 것밖에 하지 못한다. 그리고 "화풀이해도" "찍소리 못 하리란 걸 알고" 모욕적인 말들과 분노를 퍼부을 대상이 되는 자신의 위치를 생각한다.

 주유소 남자는 그중 가장 악질적으로 미와를 괴롭힌다. 그는 미와가 주유소에 들를 때마다 공연히 시비를 걸고 미와를 집요하게 쳐다보곤 한다. 옆 동네 황 대리한테는 "한 번도 그런 적 없"다는 것으로 미루어 보아, 그는 상대적으로 만만한 사람에게만 선택적으로 분노함을 짐작할 수 있다. 그러던 어느 날 미와는 폭우가 사그라들 때까지 대피하고자 주유소로 들어간다. 언제나처럼 남자가 다가와 반말로 시비를 걸기 시작한다. 미와는 따지거나 분노를 표출하는 대신 불쾌감을 표출하는 일종의 의사 표현으로써 그저 남자를 빤히 바라보고, 이에 더욱 발끈한 남자가 위협적으로 거리를 좁혀 온다. 그는 차 문을 붙들고 서서 안으로 들어오기라도 할 기세로 몸을 굽히며 욕지거리를 계속하고, 두려움과 분노에 휩싸인 미와는 그런 남자에게 "죽어 버려, 개자식" 하며 폭언을 내뱉는다. 그런데 미와의 저주에 응답하기라도 하듯 계기판이 붉은빛으로 번쩍이더니 갑자기 차창이 쑥 내려갔다가 순식간에 다시 올라가기를 반복하면서 남자의 목뼈를 으스러뜨리고 만다.

 이후에 밝혀지는 것이지만, 우란(우 과장)의 남편이 같은 차로 사람을 죽이게 된 계기도 웬 낯선 이가 창 안으로 손을 뻗어 우란의 머리채를 잡고 붙임머리를 벗겨 냈기 때문이다. 여성이나 트랜스젠더가 얼마나 쉽게 폭력과 혐오의 대상이 되는지 반영하는 대목이다.

3

그런데 두 번(혹은 그 이상)이나 같은 사고를 낸 이 살인 자동차를 언니-우란-미와로 대를 이어 여자들이 물려받는 양상은 흡사 상속처럼 보인다(높은 확률로 우란의 '아는 언니'가 소유자였을 때도 살인이 발생했을 것만 같다). 친밀한 회사 동료였던 미와와 우란은 이러한 상속을 매개로 전혀 다른 국면의 우정으로 진입한다. 한편 이러한 상속의 구도는 김멜라의 「드그다 웃따웃따」에서 본격적으로 그려지는 양상이기도 하다.

「미와와 우란」의 두 주인공, 미와와 우란은 부서도 성별도 다르고 나이 차이도 꽤 나지만 친하게 지내고, 그로 인해 둘의 관계는 자주 가십거리에 오른다. 이성애·유성애 중심 사회에서 이성 간의 친밀한 교류가 곧장 연애 규범의 이행으로 학습되어 온 만큼, 그들의 입에서 오르내리는 추문의 방향은 결국 "섹스"다. 미와는 극구 부인하면서도 한편으로는 정말 우 과장에게 성적 끌림을 느낀 적이 없었는지 반추한다. 이후 운전 연수에서 미와를 헤테로라 단정 짓고 "남자 친구한테 다음에 한번 같이 봐 달라 해요." 말하는 강사 또한 이성애 중심주의와 더불어 남성이 여성보다 운전에 능숙하다는 편견을 반영한다.

 차를 내주고 떠나기 전 우 과장은 미와와 눈을 맞추고 한껏 긴장하더니 적어도 이 차 안에서만큼은 "남을 저주하는 말"은 절대 하지 않겠다는 확답을 받아 낸다. 그러나 미와가 결국 금기를 어기고 저주를 퍼부었을 때, 차는 신속히 위험물을 제거하듯 침입자를 해치우고 시치미 떼는 것처럼 의지 없는 물체로 돌아간다. 미와는 우 과장이 저주하지 말라고 당부했던 이유가 이 차에 강한 원념을 동력 삼아 움직이는 의지가 깃들어 있기 때문임을 알게 된다. 이후 서해안 ㄱ시의 주유소에서 다시 만난 우 과장—우란은 발목까지 오는 원피스를 입고 머리를 귀밑까지 기르고 있다. 옆에는 그의 남편이 함께 서 있다. 한때 잠깐이나마 자신에게 고백하는 줄 알고 김칫국 마시게 했던 우란은 MTF 트랜스젠더였던 것이다.

 차의 비밀을 미리 알려 주지 않은 데 대한 원망을 담아 "왜 저한테 그 차를 주셨어요?" 묻는 미와에게, 우란은 "차는 원래 사람을 죽일 수 있는 물건"이라 단호하게 말한다. 누구에게서 어떤 차를 구매하게 되든 운전석에 올라탄 이상 생명을 살해할 가능성은 언제나 도사리고 있다는 것이다. 차를 없애 버리고 이 기이한 대물림을 끝내기 위해 미와는 뒷좌석에 죽은 남자를 태운 채 해변을 향해 액셀러레이터를 밟는다. 그런데 다시 한번 차가 자신만의 의지를 가진 것처럼 오작동하며 운전석에서 미와를 밀어내고 남자를 실은 채 물속으로 돌진한다. 엉망으로 쓰러진 미와에게 우란이 다가와 이해한다고 말한다. 그리고 이들은 집으로 돌아가기 위해, 어쩌면 아주 오래 걸어야 할지도 모를 길을 향해 발걸음을 내딛는다. 도대체 어느 친구가 살인 공모죄를 무릅쓰고 시신 유기에 가담해 줄까. 이 워스트 드라이버들이 나누는 우정은 다섯 편의 소설 중 가장 순도 높은지도 모른다.

한편 「피루엣」에서 FTM 트랜스젠더가 안전하고 무해한 남성으로 비치는 모습을 다뤘다면, 이 소설에서도 MTF인 우란이 "대화가 편안한 동료"이자 언제나 존댓말을 쓰고, 과장된 태도 없이 세심하게 미와를 챙겨 주는 존재로 그려지는 점은 흥미롭다. "결혼하신 줄 몰랐"다는 미와의 말에 우란은 애인이 없다고 속여 온 것을 "사과하고 싶진 않"다고 말한다. 이는 비단 결혼 여부뿐만 아니라 자신의 젠더 정체성에 대한 것을 포괄하는 대답일 것이다. "젠더 정보를 게시하지 않거나 실제와 다르게 게시하는 것은 사회규범의 심각한 위반으로 간주"[5]되는 우리 사회에서 "정체성에 대한 인정은 특정한 서사 내용에 대한 인정이 아니라, 서사의 편집권에 대한 인정"[6]이 되어야 한다. 그저 고개를 끄덕이는 미와는 우란의 긴 머리를 낚아채던 과거 누군가와 달리 우란이 행사해 온 서사의 편집권을 있는 그대로 받아들인 것이라 할 수 있다.

우란이라는 인물은 독특한 조력자다. 그가 결코 상징적 아버지가 되지 않는 이유는 그의 퀴어성에 있다. 우란은 차라리 자매에 가깝다. 우란 또한 아는 언니로부터 차를 중고로 구매한 후 다른 여성에게 되판 점은 이 상속이 자매

---

5   같은 책, 214쪽.
6   같은 책, 215쪽.

관계를 통해 대물림되는 것임을 암시한다. 미와와 우란이 겪은 사고에는 공통점이 있다. 여성에게 폭력을 행사하던 가해자들이 차라는 매개를 통해 일종의 '응보'를 받은 것처럼 읽힌다는 점이다. 그렇다면 우란의 아는 언니에서 우란과 미와로 이어지는 이 상속은 단순히 차라는 현물에 그치는 것이 아니라, 길 위에서의 혐오성 폭력에 대응하는 과격한 방식까지 포함한다고 할 수 있다.

그런가 하면 「드그다 웃따웃따」에서는 두 종류의 상속이 그려진다. 먼저 비혈연관계에서의 상속은 친구에게 제때 갚지 못한 마음의 빚을 그의 혈연에게나마 보상해 주고자 하는 심리에서 연유한다. 혈연관계에서는 성품의 대물림이 나타나는데, 이 성품은 과거와 현재에서 모두 결정적인 사건 전환의 계기로 작용한다. 제목에서부터 드러나듯 활발한 의성어 사용과 경쾌한 리듬감이 두드러지는 이 소설은 양홍이 죽은 친구의 딸 이정에게 저작권을 상속하기 위해 전략적으로 접근하는 내용을 그리고 있다. 이 비밀스러운 상속 작전은 성공할 수 있을까.

과거 양홍과 찬나는 같은 밴드에 속해 있었다. 찬나는 풍부한 음악적 재능과 독특한 가창 스타일로 무대 위에서 압도적인 장악력을 뽐낼뿐더러 자신만의 "지조"가 명확한, 올곧은 인물이다. 양홍에게 이런 찬나는 절친한 친구이자 동경의 대상이었다. 그러던 중 영국의 록 밴드 내한 공연과 지상파 생중계 공익 콘서트에 같은 날 동시에 섭외되는 행운이 찾아온다. 두 일정을 모두 소화하기 위해 회사는

"편법"으로 소방서 헬기를 동원하지만 "준법정신"이 강한 찬나는 극구 고집을 부리며 올라타지 않으려고 한다. 다들 대수롭지 않게 여기는 편법이 찬나에게는 고작 "별일 아닌" 것이 아니었고, 결국 억지로 공연장에 실려 가던 찬나가 실신하는 바람에 밴드는 보컬 없이 무대에 올라가야 했다. 그 일로 밴드는 해체되고 멤버들은 찬나에게 야속함을 품는다. 그러나 미움보다 그리움이 훨씬 큰 양홍은 수십 년이 지난 지금까지도 찬나의 꿈을 꾸며 눈물로 이부자리를 적신다.

몇 번의 병치레와 암 수술 후 양홍은 남은 삶을 차츰 정리하면서 찬나의 딸에게 자신의 히트곡 <찰나찰나>의 저작권을 양도하고자 한다. "찬나가 살아 있었다면 마땅히 누렸을 경제적 뒷받침과 문화적 소양을" 자녀에게나마 "베풀어 주"겠다는 마음에서 이정을 "후계자"이자 "승계자"로 결정한 것이다. 한편으로는 못다 이룬 찬나와의 연을 이어가듯 "조금이나마 오붓한 정을" 이정과 나눌 수 있기를 기대하면서. 그리하여 수천만 원을 들여 뒷조사를 하는가 하면 이정이 총무로 속해 있는 맨발 걷기 동호회에 가입해 가까워질 기회만을 호시탐탐 노린다.

그렇게 몰래 입수한 이정의 족적을 읽는 동안 양홍은 이정의 생애를 제 관점대로 상상하고 판단하고 측은해한다. 그러나 이정이 그간 맨발 걷기 게시물이나 맨발길 조성 뉴스마다 강도 높은 악플을 달아 왔음을 알게 된 뒤에는 이정에게 자신이 베풀 "정의감"이나 "선행"이 전혀 필요하지 않다는 것을 아프게 깨닫는다. 제 나름의 방식으로 불의에

혼자 싸우도록 내버려두지 않는 사람

맞서며 소신을 지켜 나가는 이정의 곧은 품성이 찬나에게서 물려받은 것이라는 걸, 그리고 이 품성이야말로 가장 귀하고 값진 유산이며 이정은 자신의 생각과 달리 비참하게 살지도 않았을 것임을 알았기 때문이다.

그리고 그런 찬나의 성품은 오래전 양홍을 지켜 준 빛이기도 했다. 남자들의 품평 속에서 노래를 불러야 했던 시절, 찬나는 늦게까지 남기를 자처하며 양홍을 배려하곤 했다. 그런 찬나가 소방서 헬기를 타도록 종용받는 상황에서 믿었던 양홍마저 자신을 포박했을 때 느꼈을 배신감을 양홍은 비로소 이해한다. "잔인한 배신"은 찬나가 아니라 양홍 자신이 저질렀다는 걸 뒤늦게 깨닫고 인정한 것이다. "텅 비어 침묵할지언정 남의 비명으로 자기의 무대를 채우지 않았던 그 올곧은 패배자를", 그의 방식을 이제야 온전히 받아들인다.

4

비록 찬나가 죽은 이후지만 드디어 찬나와 화해하게 되면서, 양홍은 이미 완결된 우정의 채무를 정산하는 것이 아니라, 과거의 의미들을 계속 수정하며 여전히 지속되고 있는 우정을 완성해 나간다. 그리고 바로 이 지점에서 진정으로 찬나를 애도하는 일, 그리하여 찬나를 놓아주는 일에 가닿는다. 뒤이어 살펴보겠지만 이러한 애도는 김화진의 「저주 참는 법」을 관통하는 여정이기도 하다.

이렇듯 「드그다 웃따웃따」에서 양홍은 찬나의 딸이 걸어온

궤적을 돌아보며 거꾸로 과거의 찬나를 이해하고 화해하게 된다. 이는 다시 이정에게 품었던 집착 어린 마음들을 가만히 내려놓을 수 있게 한다. 물질적인 지원을 빌미로 이정의 삶에 깊숙이 관여하거나 자신이 원하는 방식대로 이정을 휘두르는 건 찬나를 존중하는 방식이 될 수 없다. 양홍은 이정에게 접근하려던 것이 정말 이정을 위해서라기보다 찬나에 대한 해묵은 미련 때문이었음을 인정한다. 인생의 마침표를 앞두고 다 비운 줄 알았는데 끝까지 너무 많은 욕심을 쥐고 있었다는 것도.

양홍은 그간 시혜적 태도로 이정을 대해 온 것이나 그의 삶을 함부로 평가한 것, 이정의 미래가 자신의 손에 달려 있는 것처럼 굴었던 것에 부끄러움을 느끼며 이 상속 시도를 그만두자고 생각한다. 무엇보다 이정이 저작권을 받지 않을 것이라는 확신에 가까운 예감이 든다. 부당한 일에 타협하지 않던 찬나의 딸이니 더욱 그럴 것이다. 찬나는 누구보다 욕심 없던 순수하고 해맑은 친구였고, 이미 이정은 찬나가 그랬듯이 자신만의 소신과 지조로 세상을 당차게 살아 나가고 있다. 양홍은 애초에 자신에게 곡을 물려줄 자격도 권한도 없다는 것을, 이정이 받아야 할 유산이 있다면 이미 다 받아 누리고 있다는 것을 수긍한다. 찬나가 '누렸어야 했던' 몫이라는 것을 상정하는 순간 그날 찬나의 선택을 모욕하는 일이 된다는 것도. 그리하여 이들의 관계는 증여의 논리에서 빚을 계산하지 않는 환대의 논리로 나아간다.

죽은 뒤 무덤이나 납골 단지에 들어앉는 대신

"음악"이라는 묫자리에 눕고 싶은 양홍은 누구라도 자신의 음악을 듣는다면 그것이 자신에 대한 성묘이자 애도일 거라 생각한다. 그렇다면 찬나의 장례식에서 지었던 <찰나찰나>는 양홍에게 있어 이미 찬나를 기리고 추모하는 곡이 아니었을까. 그 곡이 울려 퍼진 어디에서나 양홍만의 방식으로, 혹은 그들이 우정을 이어 온 방식으로 찬나는 내내 애도되어 온 것이다. 양홍은 찬나와의 시절을 비로소 놓아주고 풀어 줄 수 있게 되었다.

소설의 결말부에서 양홍과 이정은 드디어 서로를 마주 보게 된다. 양홍을 바라보는 이정의 눈빛은 이후 두 사람의 우정의 가능성을 암시하는 것은 아닐까. 이정은 한 시절 찬나가 그랬듯 양홍이 만든 김치볶음밥을 먹어 볼 수 있을까.

이처럼 「드그다 웃따웃따」에서의 애도가 이제는 부재한 친구를 온전히 이해하고 받아들임으로써 완성될 수 있었다면, 「저주 참는 법」에서 애도는 좀처럼 완수되기 어려운 것으로 보인다. 어느 날 돌연 연인이 나를 배신하고 떠나 버린다면, 그에 대해 채 정리되지 못한 마음은 어떻게 달래어 놓아줄 수 있을까? 이 소설에서 연인과의 이별 이후를 살고 있는 '나'는 떠난 이를 아직 잊지 못해 여전히 애도라는 과업의 한가운데에 서 있다.

'나'는 새로운 여자가 생겼다며 일방적으로 이별을 고하고 떠난 선화를 저주하며 지내고 있다. 이별 후 모든 의욕을 잃다시피 했지만 선화를 저주하는 마음만은 쉴 틈 없이 바쁘게 움직인다. '나'는 마구 선화를 미워하다가도 선화에게 연락하고 싶은 마음과 그런 충동을 뜯어말리는 마음 사이를 갈팡질팡 오간다. 선화 지인들의 SNS를 염탐하기도 하지만 가상 공간에서마저 선화의 흔적을 찾기가 쉽지 않다. 잠자리에 들어서도 자학과도 같은 상상은 끝도 없이 이어진다.

주지하듯 애도 작업이 잘 이루어지지 않으면 대상을 떠나보내지 못하고 자신의 일부로 내면화하게 되는데, 그리하여 사랑하는 대상과 그의 상실에 대한 비난은 자기 자신을 향한다. '나'는 실은 자기가 먼저 마음속으로 선화를 배신해 버린 건 아니었을까 자책한다. 이별을 명시적으로 고한 건 선화이지만 실은 내가 그보다 일찍 선화를 마음에서 내보낸 걸지도 모르고, 선화는 이를 알아챘을 거라고 말이다. 생각은 꼬리를 물고 더욱 커져 선화에게 다른 여자가 진짜 있긴 한 건지, 깔끔하게 단념하고 다시 찾지 못하도록 붙인 거짓 명분은 아니었는지 의심하게 만든다. 저주한답시고 결국 "보고 싶다"는 생각 앞에서 굴복하는 '나'를 지켜보자면 이 소설의 제목을 '그리움 참는 법'이라 바꿔 읽어 볼 수도 있을 듯하다. 「미와와 우란」에서의 저주가 섬뜩한 것이었다면 너도 나를 실컷 그리워하라는 이 소설 속 저주는 무척 귀엽고 안쓰럽다.

그러던 중 '나'는 시간이 남아도는 김에 아빠의 집으로 가서 이 기나긴 애도의 시간을 아빠와 함께 보내게 된다. 아빠와의 소소한 추억이 쌓여 가는 동안에도 머릿속은 여전히 선화 생각으로 가득하다. 그러다 문득 아빠의 삶을 반추해 보며, 아빠는 언제 삶에서 욕심을 내려놓게 된 건지, 물렁물렁하고 유들유들하게 세상사를 흘려 넘기는 방식을 어떻게 체화하게 된 건지 궁금해하기도 한다. 내가 레즈비언이라고 하면 어떨 거 같냐는 질문에 예상보다 엄격한 반응이 나오지 않는 것을 보며 20대와 30대, 50대와 60대의 차이에 대해, 처지가 비슷해져만 가는 아빠와 자신의 모습에 대해 생각한다. 결국 시간에 의해 마음이 변해 가는 것이라 느끼며.

아무리 아빠 앞에서만큼은 마음 놓고 어리광을 부리는 게 자연스럽다 한들 여자랑 만났다 헤어졌다는 것만은 솔직하게 말할 수 없다. 언젠가는 말할 수도 있겠지만, 아직은 아닌 것. 이런 '나'를 위로하는 건 햇볕에 데워져 따끈따끈한 바위다. 바위를 껴안으며 들리지 않을 거리에 있는 아빠를 향해 선화랑 헤어졌다고 말하는 동안 '나'는 눈물이 날 것 같은 기분이 든다. 아마 이날 이후로도 오랫동안, '나'는 선화를 그리워하며 많은 시간을 그리움으로 채워 갈 것이다.

5

「저주 참는 법」에서 또 하나 주목되는 것은 시간 등의 추상적인 개념이 형상을 부여받아 감각 가능한 것처럼 다뤄진다는 점이다. 이러한 추상의 구체화는 김화진 작가의 특기이기도 하다. "존재가 시간을 지우기"라도 하듯 선화가 떠난 뒤 '나'의 시간은 텅 비어 버린다. 이 빈 공간이 다시금 선화 생각으로 가득 차면서 '나'의 시간은 이전과 달리 한없이 더디게 흐르고, 이 따분하리만치 느린 속도는 내리막길에서 오르막길로의 전환에 비유된다. 그렇기에 결말부에서 속도를 내어 가며 실제로 오르막길을 오르는 '나'의 모습은 버겁고 더딘 이별 후의 시간을 어떻게든 잘 극복해 보려는 시도라 할 수 있다.

한편 이 소설이 우리에게 말하는 것은 비록 관계가 끝나 버리거나 상대의 부재로 영영 관계를 이어 나갈 수 없게 되더라도, 함께 나눈 따뜻한 기억만은 시간을 넘나들며 언제든 다시 돌아볼 것이 되고, 지금의 나를 이루며 마음을 지켜 준다는 것이다. 분명한 건 비록 선화는 떠나갔지만 선화가 남긴 기억들은 언제나 '나'와 함께 머물 거라는 점이다. 전 연인들 중 가장 오랜 시간을 함께한 선화는 남자와 사귈 때보다 여자와 사귈 때 이별이 더 빨리 찾아오는 것에 대해 내 문제 때문은 아닐까 의기소침해지곤 하던 것을 멈춰 줌으로써, "이전까지는 도저히 넘을 수 없던 어떤 시간의 덫을 넘기고도 누군가와 함께할 수 있는 사람"으로 나 자신을 새롭게 긍정할 수 있게 해 줬다. 선화와 함께 쌓은 추억들과 확신 덕분에 스스로 규정지었던 한계투성이의 '나'를 넘을 수 있었던 것이다.

또 사랑받은 기억은 다른 기억과 연결되며 어느 먼 과거를 지금의 장면 위에 겹쳐 놓기도 한다. 상처 딱지 뜯지 말라며 걱정하는 선화의 모습은 언젠가 엄마와 이렇게 실랑이했던 때를 떠올리게 하고, '나'는 그때 엄마 앞에서의 어린아이처럼 이제는 선화 앞에서 칭얼거리고 어리광을 부린다. 그렇게 "선화와 엄마가 겹치고, 나와 어린 내가 겹쳤던" 그 순간 '나'는 불현듯 "과거가 돌아온 것" 같다고 생각한다. 선화의 사랑은 '나'로 하여금 과거로 훌쩍 돌아가 엄마와의 유년기를 다시 살게 한다. 그날 "선화로 인해 돌아온 과거"는 선화가 떠난 뒤에도 가장 많이 들춰 보며 오래 추억할 기억이 된다.

아니 에르노의 『젊은 남자』에는 '기억 전달자'라는 흥미로운 단어가 등장한다. 그 소설에서 '나'는 어린 연인과 함께 있는 동안, 그의 몸에 밴 젊은이 특유의 생활 습관을 마주할 때마다 부지불식간에 유년의 식탁 앞으로 돌아가 지금은 죽고 없는 가족들과 함께 앉아 있게 된다. 그러한 식탁 풍경 속에 함께 앉아 있는 그는 현재의 나, 과거의 나와 함께 "뒤섞인 과거"를 만들고, 그렇기에 그와 시간을 보내는 일은 그와 함께 "삶의 모든 나이를, 내 삶을 두루 돌다"[7]는 일이 된다.

『젊은 남자』에서 어린 대학생 연인이 '나'의 기억 전달자의 역할을 수행했다면, 이 소설에서는 선화가 그런 기억 전달자의 역할을 맡았던 것이다. 언젠가 엄마가 그랬듯 잔소리를 하며 다가온 선화에 의해, 순식간에 열 살 어린아이로 돌아가 지금은 죽고 없는 엄마 옆에 쪼그리고 앉아 다친 상처를 보여 주며 울상 짓는 '나'와 선화에게 우물쭈물 변명하는 '나'가 포개진다. 소중히 여겨지고 보살핌 받은 기억들이 같은 감정으로 연결됨으로써만 가능한 시간 여행이라 할 수 있다. 이제 엄마도 없고 선화도 없지만,

---

7   아니 에르노, 『젊은 남자』, 윤석헌 옮김, 레모, 2023, 25쪽.

'나'의 안에는 그들에게 사랑받았던 기억이 언제까지나 자리할 것이다. 아빠와 남은 생애 동안 쌓아 갈 우정 또한 먼 훗날 이렇게 '나'를 보호해 주지 않을까.

「저주 참는 법」에서 유사한 감정을 공유하는 기억들이 서로를 연결해 과거로의 회귀와 시간의 겹침을 가능하게 했다면, 앞서 읽은 「피루엣」에서는 어느 사진에 담긴 특별한 순간의 기억이 현재를 긍정하도록 이끈다.

어느 날 '나'는 규오가 어릴 적 발레를 배웠다는 사실을 알게 된다. 트랜지션 이전의 몸에 대해 말하기를 꺼리던 규오가 먼저 발레 얘기를 꺼낸 것에 적잖이 놀란 것도 잠시, 발레 선생님이 튀튀 치마 대신 반바지를 입게 하고 왕자 역할을 시켜 줬기에 그에게 발레가 좋은 기억으로 남아 있음을 알게 된다. 그 시절을 간직하고 싶었던 규오가 당시 "왕자 옷을 입고 찍은 사진"을 도안으로 노아에게 타투를 의뢰했었다는 것까지. 비록 발표를 하진 못했지만 자신이 원하는 모습 그대로 존재할 수 있었던 그날의 기억은 오랜 시간이 흘러서도 규오의 기쁨으로 남아 있는 것이다.

이후 수빈으로부터 규오의 어릴 적 사진을 되찾아 돌아오는 길에 '나'는 발레 동작을 보여 달라고 요청하고 규오는 가로등을 스포트라이트 삼아 피루엣 동작을 선보인다. 그 순간은 근사했지만, 망친 무대처럼 순식간에 무너지는 몸을 보며 "나는 규오가 바라는 만큼 규오의 몸이 아름답지는 않다는 것"과 규오 스스로도 그 사실을 너무 잘 알고 있음을 다시금 곱씹는다.

그러나 한편으로 '나'는 그 사진 속 소년, 이차성징 이전의 규오를 종종 떠올려 보며 그 소년이 "서른 살 규오의 몸속에 파묻"혀 있다고 생각한다. 이는 모든 가능성의 방향으로 열려 있던 몸의 항구적인 닫힘을 암시하는 것으로 읽을 수도 있겠지만, 그 어떠한 미적 판정으로부터도 자유로운 삶에 대한 기대와 설렘이 여전히 규오 안에 살아 있으면서 삶의 중심축이 되는 것으로 읽어 볼 수도 있다. 앞으로도 규오는 '남자답'지도, 아름답지도 않은 자신의 몸과 함께 살아갈 것이다. 비록 가장 원했던 몸은 영영 갖지 못할지라도, "피지컬 때문에 탈락 위기"인 발레리노처럼 부당한 곤경에 맞닥뜨릴지라도 그 자신만의 고유한 역사와 기억을 간직한 퀴어한 몸으로 말이다.

지금까지 다섯 편을 넘나들며 살펴봤듯이, 다채롭게 채색된 이 소설들이 그리는 서로 다른 우정의 양상은 우리에게 우정에 대해 깊이 생각해 볼 수 있는 자리를 마련해 준다.

우정은 선별과 대등성의 문제이기도 하지만, 그에 앞서는 가장 중요한 우정의 조건은 절대적 환대이다.[8] 이러한 환대는 무작정 경계를 허무는 것이 아니라 오히려 개별 존재들에게 사적인 공간을 주는 것이자 그의 자리를 인정함으로써 있는 그대로의 존재를 인정하는 일이라 할 수 있다. 자신이 그 자신으로 존재할 수 있도록. 살펴본 소설 모두 자신이 바라는 모습대로 인정받고 존중받기를 원하는 인물들이 등장한다는 점은 우리가 누군가를 만나 우정을 시작할 때 가장 중요한

---

8   김현경, 같은 책, 197쪽.

조건이 무엇인지를 알게 한다.

  우정은 상속을 가능하게 하는 것이자 상속의 기억이기도 하며, 잘 마무리해 보내 줘야 할 것인가 하면, 교차하는 다양한 조건 속에서 순간순간 솟아오르는 분절된 형태로 존재하는 것이기도 하다. 어떤 관계는 반드시 거리와 까다로운 조건을 엄밀히 유지하는 한에서만 가능해지기도 한다. 그러나 무엇보다 우정은 함께 나눠 가질 공동의 기억들을 차곡차곡 쌓아 가는 일, 언제든 혼자 싸우지 않도록 마지막까지 옆자리를 지켜 주는 마음일 것이다.

문학 웹진 LIM

여기, 뚫고 나오는 이야기의 숲

문학 웹진 LIM   등단 여부 및 장르에 구애받지 않는
여기의 젊은 작가들을 위한 연재 플랫폼입니다.
장·단편소설, 대담, 에세이 등 이채로운 작품을
요일마다 만날 수 있습니다.

림LIM
소설집   웹진에 연재한 작품 중 일부를 엮어
일 년에 두 권 출간합니다.

시 림LIM   문학 웹진 LIM에서 새롭게 시작하는 시인선 시리즈.
자기만의 세계가 확고한, 다양한 표정을 가진
시를 소개합니다.

ILLUST LIM   일러스트레이터의 작품으로
단편소설 한 편을 새롭게 엮습니다.

림LIM 장편   장르와 형식의 경계를 자유롭게 넘나드는 서사,
낯선 감각과 실험적 언어를 통해 작가들이 구축한
새로운 세계를 담아냅니다.

'-림LIM'은 '숲'의 뜻을 더하는
접미사이자 이전에 없던 명사입니다.

www.webzinelim.com

림LIM
소설집 6
『드그다 웃따웃따』

초판 1쇄 발행	2025년 10월 30일		
지은이	김멜라·김화진·서장원·차현지·함윤이		
기획실	정진우·정재우	마케팅 홍보	고다희
주간	김종숙	디지털콘텐츠	구지영
책임편집	정소영·김은혜	제작	윤준수
편집	김혜원	영업관리	고은정
디자인	강희철	회계	이원희
표지·본문 디자인	굿퀘스천		
제작처	영신사		
펴낸곳	열림원		
펴낸이	정중모·방선영		
출판등록	1980년 5월 19일(제406-2000-000204호)		
주소	경기도 파주시 회동길 152		
전화	031-955-0700		
팩스	031-955-0661		
웹진	www.webzinelim.com		
이메일	editor@yolimwon.com	webzinelim@yolimwon.com		
인스타그램	@yolimwon	@webzinelim		

© 김멜라·김화진·서장원·차현지·함윤이, 2025.

ISBN 979-11-7040-360-9
ISBN 979-11-7040-174-2 (세트)

저자와 출판사의 서면 허락 없이 내용의 일부를 무단 사용하거나 발췌하는 것을 금합니다.
책값은 뒤표지에 있습니다. 잘못된 책은 구입하신 곳에서 교환해드립니다.